La tentation d'une promise

W0285326

1.

Zabrina fit la moue devant le miroir. Elle se reconnaissait à peine dans cette robe de soie sophistiquée si différente de ses tenues décontractées habituelles. C'était pourtant le style de vêtements qu'elle allait devoir porter en permanence après son départ du palais familial. Le compte à rebours avait commencé, la date de son mariage approchait à grands pas, et elle n'avait aucun moyen de l'empêcher.

— S'il te plaît, ma chérie, ne fronce pas les sourcils ! s'exclama aussitôt sa mère. Ce genre d'attitude ne sied pas à une princesse.

Une princesse qui n'avait, hélas ! pas son mot à dire concernant son avenir ! En tant que fille aînée du roi d'Albastase, Zabrina avait en effet été promise dès sa plus tendre enfance au fils du souverain de Petrogoria, le pays voisin du leur. Une union qui s'accompagnait de nombreux avantages, notamment financiers, ce qui était d'une importance capitale puisque, en raison de la mauvaise administration de son père, leur nation était désormais au bord de la faillite. Elle seule pouvait la sauver, mais à quel prix !

Jusque-là Zabrina s'était résignée à son sort, mais à l'approche du moment décisif une vive angoisse la saisit à l'idée de ce qui l'attendait.

— Ne pourrais-tu pas te transformer en bonne fée, maman, et d'un coup de baguette magique annuler ce mariage ? Il doit bien y avoir un moyen de me sortir de ce piège !

— Allons, ma fille, ressaisis-toi ! C'est ton destin, tu l'as toujours su.

— Les femmes ne sont-elles pas censées être libres au XXIe siècle ?

— Si, mais cette liberté-là n'a pas de place dans ta vie. Une princesse obéit à des règles particulières et n'est pas traitée comme les autres citoyens, ce que tu sembles déterminée à ignorer. À présent tu vas devoir agir selon ton rang et, pour commencer, en finir avec tes escapades matinales à cheval !

Zabrina réprima un soupir amer. Sa mère ignorait le but de ses sorties. Or, elles étaient très importantes à ses yeux. Sa position lui permettant d'aider des personnes moins privilégiées, elle finançait depuis des années un refuge pour des femmes dans le besoin, dont bon nombre avaient fui leurs époux après des années de maltraitance. L'ironie de la situation la frappa : dans le fond, elle était aussi impuissante que ces femmes puisque son père avait décidé de son sort à sa place !

— Je n'aurai pas le choix une fois mariée ! C'est vraiment regrettable.

— Je ne comprends pas cette soudaine rébellion, répliqua sa mère. Il y a tant d'aspects positifs à cette union, outre son côté financier.

— Lesquels ?

— Roman de Petrogoria est l'un des souverains les plus puissants et influents de ce monde, qui…

— Porte une barbe et des cheveux longs ! acheva Zabrina. Or, j'ai horreur de ça.

— Allons, ma chérie, c'est un détail. Tu t'y habitueras.

Roman est très bel homme. Il a d'ailleurs une foule d'admiratrices. Regarde plutôt les bons côtés de cette union au lieu de te focaliser sur ce détail.

— Si seulement je pouvais emmener un de mes serviteurs, je me sentirais plus à l'aise.

— C'est impossible, tu le sais parfaitement. Selon la tradition, tu dois laisser derrière toi tout ce qui appartient à ton ancienne vie afin de rejoindre ton futur mari libre de toute attache. Un geste symbolique certes, mais à respecter. De toute manière, ton père, ton frère, tes sœurs et moi viendrons à Petrogoria pour le mariage.

— Oui, dans quatre semaines ! Ça me semble être une éternité !

— Cela te donnera le temps de t'installer au palais et de te préparer à ton futur rôle. Après, si tu le souhaites, ton mari sera certainement d'accord pour faire venir certains membres de ton personnel.

— Tu n'en sais rien ! Et s'il se révélait être tyrannique, ou bien s'opposait à moi sur tous les points pour le simple plaisir de me contredire ?

— Roman a une réputation d'homme sensé, pas de tyran. En cas de soucis, tu t'adapteras, feras preuve de diplomatie. Ton devoir dorénavant est d'accepter ses décisions. Tu connais suffisamment les usages conjugaux pour…

— Enfin, maman, ils ont été établis il y a des siècles ! la coupa Zabrina.

— On a toujours beaucoup à apprendre du passé, répliqua la reine d'Albastase d'un ton serein. À présent, allons-y ! Le train doit déjà attendre à la gare pour t'emmener dans ton nouveau foyer.

Zabrina soupira, consciente d'être prise au piège. Un piège posé de longue date et accepté par devoir. Même si se marier ne l'avait jamais tentée – et encore moins avec un parfait inconnu –, elle s'y était préparée, avait appris l'histoire de Petrogoria, sa langue et sa géographie, en plus des us et coutumes nationaux, et de son rôle d'épouse. Sa dot était la forêt de Marengo, une large bande de terrain séparant leurs deux pays qui allait devenir la propriété de son mari. En échange, il offrait une somme substantielle à son père. Ce genre d'arrangement était usuel dans son monde. Nombre de princesses faisaient des mariages arrangés. Il était trop tard pour changer d'avis.

Résignée, elle s'engagea dans le grand escalier du palais à la suite de sa mère.

À leur arrivée dans l'imposant hall dallé de marbre, tous les membres du personnel venus faire leurs adieux à leur princesse s'inclinèrent.

Ses deux sœurs, en revanche, ne firent pas preuve de la même réserve : elles se précipitèrent à sa rencontre.

— Ciel ! Zabrina, est-ce bien toi ? demanda Daria. Tu es superbe.

— Je te reconnais à peine ! s'exclama la petite Eva du haut de ses sept ans, les yeux brillants d'admiration.

Au bord des larmes, Zabrina serra ses sœurs dans ses bras. Elle aurait aimé laisser libre cours à son émotion, leur confier sa peine d'être séparée d'elles, mais cela n'aurait pas été digne d'une future reine.

Daria effleura sa robe.

— Je me demande pourquoi tu ne t'habilles pas ainsi plus souvent, ça te va si bien.

— Pour une raison évidente : ce n'est pas pratique pour monter à cheval ou arpenter les jardins du palais !

En fait, Zabrina ne portait une robe que lors des réceptions, et privilégiait les coupes confortables. Celle conçue pour ce voyage par les couturières du palais ne l'était pas vraiment. Son corset brodé de perles mettait en valeur sa poitrine mais la serrait, lui donnant l'impression d'être comprimée dans une armure. Sa jupe ajustée entravait sa démarche, et les élégants escarpins qui complétaient sa tenue menaçaient de la faire trébucher à tout moment.

Que n'aurait-elle pas donné pour troquer ce carcan contre un jodhpur, une chemise ample et des bottes, puis partir au galop sur le dos de Midas, le pur-sang Akhal Téké que lui avait offert son père !

Même sa coiffure était guindée. Adieu sa tresse habituelle, la styliste de sa mère avait rassemblé ses cheveux en un chignon sophistiqué, piqué de minuscules perles scintillantes.

Zabrina exécuta alors une révérence devant son père arrivé sur ces entrefaites.

— Quel plaisir de te voir vêtue comme une véritable jeune fille plutôt qu'en garçon d'écurie ! déclara le roi. Être reine de Petrogoria va t'aller à ravir.

En un éclair, Zabrina se demanda comment il réagirait si elle lui avouait son désir d'annuler le mariage. Certainement très mal car, même si leur pays n'était pas aussi endetté, refuser à la dernière minute la main de sa fille à son royal voisin serait une offense impardonnable. Et les retombées politiques seraient à la hauteur des orgueils blessés.

— Je l'espère, papa.

Zabrina embrassa ensuite son frère, devinant sa compassion à son regard troublé. Le jeune prince était conscient de son sacrifice, mais ne pouvait l'aider. À dix-sept ans, il n'avait pas encore voix au chapitre. Elle suspectait d'ailleurs Alexandru de n'avoir pas vraiment envie de succéder un jour à leur père. Pourtant, quel que soit son désir, lui aussi devrait suivre sa destinée et, grâce à sa sœur, hériterait d'un pays à la grandeur retrouvée.

Le dos très droit, Zabrina rejoignit la Rolls-Royce vintage qui devait la conduire à la gare où l'attendait le train personnel du roi Roman de Petrogoria, ainsi que les gardes du corps chargés d'assurer sa sécurité. C'était un bel après-midi de printemps. Ce temps idéal lui permettrait au moins de contempler une dernière fois son pays et sa chère forêt de Marengo. Le lendemain à Rosumunte, la capitale de Petrogoria, elle découvrirait son futur époux – et devrait d'emblée adopter une attitude humble face à ce puissant monarque.

Deux étrangers forcés de passer le reste de leurs vies ensemble…

Zabrina jeta un regard mélancolique en direction des écuries où se trouvait son cheval. Le temps allait lui paraître bien long jusqu'à ce que Midas vienne la rejoindre. D'ici là, ce serait Stefan, son palefrenier, qui le monterait tous les matins pour sa promenade journalière.

Comme la voiture démarrait, elle pensa à l'homme qui l'attendait à Rosumunte. Que se passerait-il si son seul contact la répugnait ? Si sa mère s'était appliquée à faire son éducation de future épouse, elle était restée très vague sur l'aspect physique du mariage. Fort heureusement, quelques recherches sur Internet avaient en partie comblé cette lacune, laissant Zabrina tout à la fois fascinée et inquiète. Elle allait devoir reproduire certains de ces gestes si intimes, en accepter d'autres… Lui serait-il possible d'endurer toute sa vie les caresses de ce roi dont la barbe hirsute la repoussait à l'avance ?

Elle laissa échapper un soupir résigné. Force lui serait de le supporter. Il lui faudrait aussi éviter de trop rêver sous peine d'être déçue, car il y avait un monde entre ce qu'on voyait au cinéma et la réalité.

Au moment où les grilles du palais se refermèrent derrière la Rolls-Royce, le cœur de Zabrina se serra. Elle abandonnait à jamais sa paisible existence si protégée pour une destinée redoutée.

2.

— Êtes-vous certain de vouloir mettre ce plan à exécution, Votre Altesse ?

Debout sur le parvis de la gare où il attendait l'arrivée de la princesse Zabrina, Roman détourna les yeux de l'avenue pour foudroyer du regard son intendant. Personne n'osait contester ses décisions ! Même si son comportement allait à l'encontre de l'étiquette. Un roi pouvait se permettre des écarts. Or, malgré l'inquiétude évidente d'Andrei, il ne voyait rien de déraisonnable à son projet. Depuis quelques semaines, des doutes concernant sa future épouse s'étaient insinués en lui. Trop occupé par les affaires d'État, il les avait négligés. Jusqu'à la veille où, perturbé par leur insistance, il avait choisi d'agir sans attendre.

— Pourquoi cette question ? Auriez-vous des objections dont vous souhaiteriez me faire part ?

— Vous présenter sous un déguisement défie les règles de sécurité.

— Les seules personnes présentes dans ce train sont des gardes du corps prêts à donner leurs vies pour moi, ou des membres de mon personnel tout aussi fiables. Je ne vois pas où est le danger.

— Il est plutôt du côté de la future reine. Elle risque

d'être extrêmement contrariée lorsqu'elle découvrira que vous vous êtes présenté comme un roturier à son service.

— Je ne vois pas en quoi ses humeurs vous concernent ! répliqua Roman d'un ton sec.

— Bien sûr. Je vous prie d'excuser mon intervention. En qualité de conseiller principal, mon devoir est de vous mettre en garde contre les possibles conséquences…

— Épargnez-moi un sermon, Andrei ! Faites-moi plutôt part des détails de l'organisation. Tous les gens à bord sont-ils au courant de la conduite à tenir face à moi ?

— Absolument. Pendant la durée du voyage jusqu'à Petrogoria, vous tiendrez le rôle de chef des gardes du corps sous le nom de Constantin Izvor. Un rôle qui vous convient à merveille, car vous êtes expert en arts martiaux.

— Seriez-vous en train de me flatter ?

— Pas du tout, Votre Altesse, je me contente de constater un fait. Le personnel s'adressera à vous sans mentionner votre titre, faire de révérences ou avoir une attitude susceptible de laisser deviner votre véritable identité.

— Parfait.

— Vous et la demoiselle de compagnie au service de la princesse serez les seuls à avoir accès à sa voiture privée, hormis les personnes qui serviront les repas, bien sûr, mais l'un de vous sera toujours là en leur présence.

— Vous n'avez donc plus d'inquiétude à avoir, Andrei. Détendez-vous, à présent.

Le conseiller principal prit une grande inspiration comme pour se donner du courage avant de déclarer :

— Si je puis me permettre, *monsieur*, je trouve très étrange de vous voir rasé de près.

Roman sourit. Il partageait le sentiment de son intendant. Il portait une barbe depuis ses dix-neuf ans. Avec son abondante chevelure au noir de jais dont les boucles atteignaient son col, c'était un signe distinctif qu'il avait refusé d'abandonner en montant sur le trône quelques années auparavant. Cette apparence lui avait valu d'être comparé à un pirate dans la presse ou parfois surnommé Roman le Conquérant, deux choses loin de lui déplaire. Aussi avait-il été stupéfait de voir le changement lorsque son barbier avait eu fini de lui couper les cheveux et de lui raser la barbe. Son apparence était si différente que plusieurs domestiques étaient passés à côté de lui dans les couloirs du palais sans s'incliner !

Ce soudain anonymat l'avait réjoui, et presque aussitôt l'idée d'en profiter avait pris naissance dans son esprit. Il avait déjà voyagé incognito, ou plus exactement avec un entourage réduit, lorsqu'il rendait visite à des maîtresses, mais n'avait jamais prétendu être un autre. À présent, se sentir dans la peau d'un roturier lui procurait une extraordinaire sensation de liberté dont il avait bien l'intention de profiter, car cela ne se reproduirait plus. Il avait l'impression de ne plus avoir à se soucier des devoirs ou des convenances liés à sa charge, et éprouvait même le désir d'être audacieux. Pas étonnant qu'Andrei soit inquiet !

Jusque-là, Roman ne s'était pas préoccupé de son mariage arrangé de longue date. Ce genre d'union était habituel dans les cercles royaux. Son père cependant avait rompu la tradition. Le résultat ne s'était pas fait longtemps attendre : ses noces avec une roturière épousée en toute hâte s'étaient soldées par un échec – aux lourdes conséquences pour l'enfant qu'il était alors. Il refusait donc de commettre la même erreur. Seuls les rêveurs ou les imbéciles croyaient en l'amour !

Roman devait perpétuer la noble lignée de Petrogoria. Choisir une épouse de sang royal élevée dans le respect des traditions était impératif. Cette union lui apporterait l'exceptionnelle forêt de Marengo en échange d'une aide financière apportée à Albastase. Un marché apte à satisfaire les deux parties qui, sur le papier, semblait parfait. Cet arrangement n'avait pendant longtemps eu aucun impact sur sa vie. Il avait profité de son long célibat avec des maîtresses choisies pour leur discrétion en plus de leur beauté, en attendant le moment où sa promise de dix ans sa cadette aurait atteint l'âge de devenir reine.

Voir arriver la date de son mariage avait poussé Roman à s'intéresser de plus près à la princesse d'Albastase. En apparence, elle satisfaisait tous les critères nécessaires au rôle de reine, mais des rumeurs lui étaient parvenues. On la disait indépendante, attachée à ses opinions, téméraire, voire rebelle. Aucun de ces qualificatifs ne l'avait rassuré. Une jeune femme connue pour mener sa propre vie sans se soucier de l'étiquette risquait de ne pas être à la hauteur lorsqu'il s'agirait d'élever ses enfants dans le respect des traditions royales, et de l'aider à gouverner son pays bien-aimé.

Une brusque angoisse s'empara de lui.

Et si Zabrina d'Albastase se révélait aussi irresponsable que sa mère ?

Roman n'eut pas le loisir de s'interroger davantage, car il fut averti de l'arrivée de la princesse.

Sur le tapis rouge qu'on avait déroulé sur le parvis de la gare, il regarda approcher la Rolls-Royce où flottait le drapeau d'Albastase. Dans peu de temps, il n'aurait plus à se fier à des conjectures, et découvrirait qui était réellement Zabrina. À commencer par son apparence puisqu'ils ne s'étaient encore jamais rencontrés. Or, les photos pouvaient être trompeuses.

La première chose que Roman vit lorsqu'un garde ouvrit la portière de la limousine fut un escarpin argenté, puis une cheville fine. En un éclair, une décharge d'adrénaline se déversa dans ses veines. L'instant suivant, Zabrina s'avança sur le tapis rouge d'un pas peu assuré, le regard fixé droit devant elle.

Le cœur battant à tout rompre, Roman resta figé quelques secondes devant cette apparition. La jeune femme qui lui faisait face était plus petite qu'il ne l'avait imaginé, et si mince qu'elle avait l'air d'une adolescente. Jamais il ne lui aurait donné ses vingt-trois ans.

Se ressaisissant, il s'avança à sa rencontre. Elle lui adressa alors un sourire qui n'effleura que ses lèvres dont les commissures s'agitèrent imperceptiblement. En fait, elle paraissait plus réticente qu'effrayée, comme si elle marchait vers un destin redouté. Non, c'était impossible. Un nombre incalculable de femmes auraient rêvé de se trouver dans sa situation. Épouser un roi était un privilège, que diable !

Une fois à sa hauteur, Roman remarqua le teint doré de Zabrina, qui révélait un goût pour les activités de plein air plutôt que pour l'atmosphère feutrée d'un palais. Ses yeux d'un vert lumineux l'examinèrent quelques secondes, exprimant une surprise teintée d'innocence. Un regard à la fois naïf et envoûtant…

Étouffant un remords à la pensée du tour qu'il s'apprêtait à lui jouer – après tout, ils en riraient probablement plus tard ensemble –, Roman s'inclina, les bras collés au corps.

— Bonjour, Votre Altesse. Permettez-moi de me présenter.

L'espace d'une fraction de seconde, il regretta d'avoir usurpé l'identité d'un roturier, ce qui lui interdisait de porter à ses lèvres la fine main de Zabrina, de découvrir le parfum de sa peau, mais il se ressaisit aussitôt pour achever :

— Je m'appelle Constantin Izvor, et suis le chef des

gardes du corps en charge de votre sécurité jusqu'à l'arrivée à Rosumunte.

— Enchantée de faire votre connaissance, répondit-elle d'un ton convenu.

Étonnée du flot d'émotions qui venait de l'envahir à la vue de cet émissaire du roi, Zabrina inclina la tête dans sa direction. Elle le trouvait très sûr de lui… et beau à couper le souffle. Il était plus séduisant que tous les dignitaires rencontrés jusque-là, et même que ses acteurs préférés !

Bien qu'elle sût parfaitement qu'il était inconvenant de maintenir un contact visuel avec un homme, en particulier un homme à son service, elle ne pouvait détacher les yeux de celui qui venait de s'incliner devant elle. Comme il était chargé de sa protection, elle jugea acceptable de poursuivre son examen.

Il avait un teint lisse et mat, des traits ciselés pareils à ceux d'une statue romaine, des cheveux d'un noir brillant coupés très court, et des yeux au gris fascinant ourlés de longs cils épais. Sa chemise ajustée et son pantalon rentré dans des bottes souples laissaient deviner un corps musclé. À sa ceinture étaient accrochés un sabre et un revolver qui lui donnaient une allure invincible et renforçaient l'impression de puissance qui émanait de lui. Si danger il y avait pendant ce voyage, il venait sans aucun doute de ce Constantin !

Baissant rapidement la tête, Zabrina lissa un pli imaginaire de sa robe dans l'espoir de calmer les battements de son cœur. Jamais encore elle n'avait éprouvé un tel trouble à la proximité d'un homme, et celui-ci lui faisait découvrir des émotions jusque-là ignorées. Lorsqu'elle releva les yeux, la froideur soudaine de ceux de Constantin finit de la déstabiliser. Leur éclat acier semblait la transpercer aussi sûrement qu'un sabre. Une brusque rougeur lui enflamma les joues. Que diable lui arrivait-il ?

Zabrina n'était pas du genre à se laisser intimider ou prendre au dépourvu. À vrai dire, le seul homme à l'avoir émue était son maître d'armes. Un béguin d'adolescente bien innocent, mais qui avait dû être remarqué, car du jour au lendemain le jeune professeur avait été renvoyé. Elle se souvenait d'avoir été très triste sur le moment, et indignée de voir sa vie ainsi contrôlée.

Ce qu'elle éprouvait en cet instant n'avait en revanche rien d'innocent. Un frisson courait sur sa peau – alors qu'une délicieuse chaleur envahissait son corps –, et ses seins lui semblaient soudain lourds, très sensibles. Contrariée de se sentir si vulnérable, Zabrina redressa les épaules, espérant chasser ainsi son trouble soudain.

— Souhaitez-vous quoi que ce soit avant de monter dans le train, Votre Altesse ?

— Non, je vous remercie, Izvor, je n'ai besoin de rien. Je ne vois d'ailleurs aucune raison de nous attarder. Un long voyage nous attend.

La surprise évidente du garde du corps face à ces mots qu'il avait pris pour un ordre alerta Zabrina. Le roi Roman était-il particulièrement tolérant avec son personnel, ou Constantin Izvor se sentait-il investi de certains privilèges à force de côtoyer son maître ? Quoi qu'il en soit, il apprendrait vite à tenir ses distances avec elle !

— Certainement, Votre Altesse. Je vais m'assurer que nous partions au plus tôt. Je serai à vos ordres pendant toute la durée du voyage.

Si le ton du garde du corps était respectueux, le léger sourire qui lui étira les lèvres poussa Zabrina à se demander s'il ne se moquait pas d'elle. Il n'oserait tout de même pas ? De toute manière, elle n'avait pas à se soucier de lui ! Après tout, il n'était qu'un employé temporairement à son service.

— Parfait, répliqua-t-elle. Je m'en souviendrai. Partons, maintenant !

Et Zabrina repartit sur le tapis rouge. Comme l'orchestre entonnait l'hymne national albastasien, une étrange mélancolie la saisit. Avant même d'être partie, elle avait le mal du pays. Dorénavant, elle n'entendrait plus que l'hymne petrogorien.

Constantin Izvor monta le premier dans le train. Zabrina refusa sa main tendue. Elle n'avait nul besoin de l'aide de ce séduisant garde du corps pour négocier quelques marches quand elle était capable de sauter sur le dos de chevaux rétifs dont la seule vue faisait trembler les autres cavaliers ! Ce qui ne l'empêcha pas d'imaginer aussitôt sa puissante main se refermer autour de la sienne.

Une jeune femme aux cheveux blonds coupés en un carré court et vêtue d'une simple robe droite bleu clair, qui ressemblait plus à une hôtesse de l'air qu'à une employée de la maison royale, l'accueillit en haut des marches. Constantin Izvor la présenta comme Silviana, sa demoiselle de compagnie. Zabrina lui rendit son sourire avant de lui adresser quelques mots en petrogorien, provoquant la surprise du garde du corps.

— Vous parlez ma langue à la perfection, lui fit-il remarquer d'un air pensif.

— Lorsque j'aurai besoin de votre avis, je vous le ferai savoir ! répliqua Zabrina avec hauteur.

L'imperceptible sursaut de Silviana l'étonna. Avait-elle été trop sèche ? Mais déjà Izvor répondait :

— Je m'en souviendrai à l'avenir, soyez-en certaine,

Votre Altesse. Je vais vous accompagner jusqu'à votre voiture. Si vous voulez bien me suivre…

Zabrina lui emboîta le pas jusqu'à une porte lambrissée qui s'ouvrit sur un salon richement meublé. En le précédant à l'intérieur, elle lui adressa une légère inclinaison de tête mais, contrairement à son attente, il ne fit pas mine de repartir. Il se tenait sur le seuil, droit et fier comme s'il était le propriétaire des lieux. Elle hésita à le congédier, tout à la fois surprise de n'avoir pas envie de le voir disparaître et gênée du trouble que lui procurait sa présence.

— Combien de temps doit durer le voyage ?

— Quatorze heures. Nous ferons une halte après la frontière afin de vous permettre de passer une nuit confortable. L'arrivée à Rosumunte est prévue demain en milieu de matinée. Attendez-vous à un accueil chaleureux de la population, car les gens sont déjà massés autour de la gare et sur le parcours jusqu'au palais pour vous voir.

Une brusque angoisse serra le cœur de Zabrina. Et s'ils ne l'aimaient pas ou ne la trouvaient pas digne d'épouser leur roi bien-aimé ?

— Cela me paraît parfaitement organisé, commenta-t-elle.

— J'espère que cette voiture vous satisfera.

Zabrina fit quelques pas à l'intérieur, s'efforçant de se concentrer sur les lieux quand tout son être était troublé par la proximité du garde du corps.

La décoration était splendide. Les parois lambrissées d'acajou contrastaient avec la soie jaune pâle tendue sur des anneaux. Plusieurs tableaux représentaient des lieux célèbres de Petrogoria. Le sol était recouvert de tapis persans, deux canapés dotés de coussins moelleux se faisaient face, séparés par une table basse et, dans le fond, se trouvait un bureau ancien. À côté de lui, une porte était ouverte sur un couloir. Ses quartiers privés, supposa-t-elle tandis qu'une brusque chaleur lui montait aux joues.

— Votre chambre et votre salle de bains se trouvent au bout de ce couloir, déclara Constantin Izvor comme s'il avait lu dans ses pensées.

Elle s'avança vers le canapé, espérant ainsi lui dissimuler sa réaction indésirable avant de répondre :

— Tout me paraît parfait.

Parfait, certes, mais il était vraiment étrange de se trouver seule dans ce monde qui allait désormais être le sien, loin de tous ses repères familiers. Même s'ils l'exaspéraient parfois, ses parents, ses sœurs et son frère lui manquaient déjà. Constantin Izvor s'inclina devant elle.

— Dans ce cas, je vais prendre congé, et vous laisser vous installer. Silviana est là pour vous aider ou vous procurer tout ce dont vous avez besoin, mais s'il vous manque…

— J'ai tout ce qu'il me faut, l'interrompit-elle un peu trop vite.

— S'il vous manque quoi que ce soit, poursuivit-il sans tenir compte de son intervention, sonnez. Je serai stationné en permanence à l'entrée de votre voiture et disponible à toute heure.

— Vous allez rester derrière cette porte pendant tout le voyage ? demanda Zabrina, soudain nerveuse.

— Bien entendu. Votre sécurité est ma seule préoccupation. Nul ne pénétrera chez vous sans mon autorisation, de nuit comme de jour.

Il marqua alors une légère pause avant d'ajouter :

— Il est de coutume pour le garde du corps en chef de prendre ses repas à la table du membre de la famille royale qu'il protège.

— Est-ce vraiment nécessaire ?

— Absolument. Je dois goûter votre nourriture afin de m'assurer de son innocuité. Aussi, si vous n'y voyez aucune objection, je me joindrai à vous pour le dîner. Cela vous convient-il ?

Zabrina sentit sa bouche s'assécher. Manger face à cet homme à la saisissante beauté tout en conservant une attitude indifférente et impassible allait être un supplice ! D'un autre côté, toute gêne mise à part, cette perspective lui semblait délicieuse. Un sérieux problème, car depuis son arrivée à la gare, Constantin Izvor accaparait ses pensées quand elle n'aurait dû songer qu'à son fiancé, Roman !

— Suis-je impopulaire en tant que future reine au point de courir le risque d'être empoisonnée ?

— Non, bien sûr. Il s'agit simplement d'une précaution nécessaire afin de vous livrer en bonne santé au roi.

La « livrer » ! Ce mot raviva le malaise de Zabrina. Tous les gens la voyaient-ils donc comme une personne dénuée de vie propre ou d'intérêt, dont la seule valeur était son utilité pour leur monarque ? Probablement… Peu leur importait qu'elle soit une tireuse d'élite, une écuyère émérite, parle couramment quatre langues et ait consacré une grande partie de son temps à travailler pour des organisations caritatives en faveur des femmes afin d'améliorer leur sort dans son pays natal !

C'était rageant, humiliant même, à tel point que Zabrina fut saisie d'une brusque envie de se révolter. Elle aurait pu prétexter un manque d'appétit ou un besoin de repos jusqu'à l'arrivée à Rosumunte, mais préféra s'en abstenir. À quoi bon s'enfermer seule dans cette cage dorée alors qu'il ne lui restait qu'un jour de liberté ?

Dehors, le paysage familier de son enfance défilait, une succession de vergers en fleurs sous un soleil éclatant. Zabrina ignorait quand elle reverrait sa patrie. Très bientôt, elle serait la reine d'un pays qui avait combattu le sien pendant des siècles. Une princesse vierge offerte à un roi en échange d'une part conséquente de sa fortune. Cela devait bien lui donner le droit de s'accorder quelques heures de répit avant d'embrasser son destin. De plus, passer une partie de ces heures en compagnie de Constantin Izvor, qui connaissait bien son futur mari, était susceptible de lui permettre de découvrir certains aspects de la personnalité de Roman avant de le rencontrer.

Ce fut du moins l'explication qu'elle trouva. Que ce garde du corps soit séduisant était un détail…

— Je comprends mieux, à présent. Puisqu'il s'agit d'une question de sécurité, je ne vois pas de problème au fait de partager mes repas avec vous. Ainsi que vous me l'avez suggéré, je vais m'installer, maintenant.

Sur ce, et avant que Constantin Izvor la voie rougir, Zabrina traversa le salon pour gagner sa chambre.

3.

Au moment de rejoindre la princesse pour le dîner, Roman n'avait rien de serein. Sa gorge était sèche, il se sentait tendu, et les battements désordonnés de son cœur refusaient de se calmer.

Ces symptômes ressemblaient fort à l'exaltation du chasseur – le désir en plus –, mais l'emplissaient d'appréhension.

En fait, depuis sa rencontre avec Zabrina, Roman éprouvait un trouble aussi profond qu'inattendu auquel s'était peu à peu ajoutée une étrange angoisse. Il avait l'impression d'avoir été floué, car cette jeune femme ne correspondait pas au portrait qu'on lui avait brossé de sa future épouse.

Il s'était attendu à beaucoup plus de modestie de la part d'une princesse, à commencer par davantage de réserve envers un homme supposé être à son service. À des yeux baissés, par exemple, au lieu des regards provocateurs qu'elle lui avait lancés. Peut-être avait-il pris ses désirs pour la réalité en imaginant une attirance réciproque. Dans ce cas, ses reparties insolentes, qu'il avait considérées comme des invites, auraient donc été simplement dues à son irritation contre lui ?

Non. Il devait réserver son jugement. Zabrina ne se

serait jamais permis la moindre tentative de séduction envers un autre homme que son futur époux.

S'interroger sur le comportement de la princesse justifiait en tout cas le bien-fondé du rôle qu'il s'apprêtait à jouer. Se faire passer pour un serviteur lui permettrait de découvrir la personnalité de sa promise. Il lui révélerait ensuite sa véritable identité avec diplomatie et, même si elle s'offusquait sur l'instant, il saurait lui faire oublier son mécontentement grâce à un assaut de charme et au collier de pierres précieuses dissimulé dans son bagage. Les bijoux représentaient un instrument de négociation efficace – il en avait fait l'expérience avec de nombreuses femmes, et sa fiancée ne ferait pas exception.

Cette princesse s'était en effet déjà révélée financièrement avisée au moment d'établir les termes de son futur contrat de mariage, y faisant inclure une coquette somme destinée à son usage personnel. Contrairement à ses avocats, Roman n'avait pas trouvé cette cupidité inquiétante. Leur union était un marché d'affaires comme n'importe quel autre.

Fort de cette idée, il frappa à la porte de la voiture-salon royale. Silviana lui ouvrit. La jeune femme se figea – presque au garde-à-vous tant elle se retenait de faire une révérence – puis hocha la tête. Roman lui sourit. Son intendant avait visiblement bien expliqué au personnel la conduite à tenir en sa présence.

Il remarqua d'emblée près d'une vitre la table ronde dressée pour le dîner Une nappe blanche, un bouquet de roses miniatures au centre, des couverts en argent et des verres en cristal étincelants. Le tout éclairé par des bougies conférait au compartiment une atmosphère très romantique avec la nuit qui tombait au-dehors. C'était exactement ce qu'il avait demandé, mais à en juger par les images torrides que cette ambiance faisait déjà naître en lui, son idée n'était peut-être pas si bonne que cela…

— Je vais avertir la princesse de votre arrivée, monsieur. Elle devrait être prête à vous rejoindre.

— C'est inutile, je vais l'attendre. Vous pouvez disposer maintenant, Silviana. Nous sonnerons lorsque nous serons prêts à dîner. Je souhaite rester seul avec la princesse pendant le reste de la soirée.

Comme la demoiselle de compagnie marquait une seconde d'hésitation, il reprit :

— Avez-vous une question, Silviana ?

— Non, aucune, Constantin Izvor. Je vous prie de m'excuser.

La jeune femme sortie, Roman s'apprêtait à s'asseoir lorsque, se rappelant son rôle, il se ravisa. Un employé se devait de rester debout. Il se serait pourtant volontiers installé sur l'un des moelleux canapés pour savourer la douce impatience qui l'avait envahi à la perspective de bientôt retrouver cette princesse rebelle. Comme les minutes s'écoulaient, l'irritation le gagna. S'il lui était souvent arrivé de rêver vivre la vie d'un homme ordinaire, il découvrit bien vite l'avoir idéalisée. Il n'avait pas l'habitude d'attendre, et trouvait assommant de se tenir debout pendant que Zabrina prenait un temps infini pour se préparer.

Depuis qu'elle l'avait congédié en début d'après-midi, il se demandait quelle tenue elle allait choisir pour dîner avec lui, et se l'était représentée entrant dans un bruissement de soie, gorge et bras découverts. Une image qui avait aussitôt fortement éveillé ses sens. Son attente se prolongeant, Roman l'imagina fébrile, en train d'essayer différentes robes devant la glace.

Cela eut le mérite de tromper son ennui – et celui moins avouable de le mettre dans un état d'excitation peu digne de son rôle. Aussi, lorsque le bruit de la porte lui fit tourner la tête, grande fut sa surprise de voir entrer Zabrina non pas vêtue d'une robe sage, mais d'un pantalon ample ressemblant fortement à un bas de survêtement surmonté d'un T-shirt fluide.

Roman en resta bouche bée.

De plus, Zabrina avait défait le chignon élaboré porté à son arrivée. Hormis quelques boucles qui encadraient son visage, ses cheveux étaient à présent rassemblés en une queue-de-cheval haute. Elle avait l'air… d'une adolescente sortant d'une salle de gymnastique !

Comme elle avançait vers lui, Roman remarqua une lueur circonspecte dans son regard au vert profond.

— Oh ! vous êtes là ! lâcha-t-elle du ton désinvolte qu'elle avait employé pour le congédier précédemment.

— Pensiez-vous que je n'allais pas venir ?

Zabrina haussa les épaules. Ce geste si peu digne d'une future reine le stupéfia davantage.

— Je n'en étais pas certaine.

— Je devais dîner avec vous, Votre Altesse. Je vous l'avais dit.

— En effet. Vous pouvez donc vous départir de votre attitude rigide, j'imagine.

Et elle se laissa tomber sur l'un des canapés, puis croisa négligemment les jambes – ce qui découvrit ses pieds nus - et allongea un bras sur le dossier avec une désinvolture qui indigna Roman. D'accord, Zabrina ignorait sa réelle identité, mais elle n'aurait jamais dû se montrer si décontractée face à un garde du corps ! Et encore moins replier l'autre bras derrière sa tête ainsi qu'elle venait de le faire, car ce nouveau geste effronté tendit le tissu sur sa poitrine, soulignant le galbe de ses seins.

Conscient d'être captivé par cette vision évocatrice d'intimité, Roman détourna aussitôt les yeux vers la vitre, s'efforçant de se souvenir qu'il était censé assurer sa sécurité, non pas détailler son corps avec concupiscence !

— Attendons-nous quelque chose ou quelqu'un ? s'enquit-elle.

Vexé de l'ordre sous-jacent à sa question, Roman ramena les yeux sur elle :

— Pas du tout. Je vais sonner afin de faire servir le dîner puisque vous êtes prête.

— Serait-il possible de se contenter d'un sandwich ou d'une simple salade ? Cela nous permettrait d'en finir plus rapidement.

Parce qu'en plus passer la soirée avec lui représentait une épreuve ! Le sang de Roman ne fit qu'un tour. Les gens d'ordinaire appréciaient le temps qu'il leur accordait, et n'auraient jamais songé à l'abréger. Qu'elle lui témoigne sans détour son ennui lui déplut profondément.

— Une simple collation serait sans doute possible. Cependant, vous devez prendre des forces en vue des longues journées de célébration qui vous attendent. D'autre part, les chefs seraient sûrement déçus si vous leur ôtiez le plaisir de vous présenter une sélection des spécialités culinaires de Petrogoria.

Elle darda sur lui ses yeux, d'un vert soudain plus sombre.

— Je dois donc renoncer à mes désirs afin de satisfaire le personnel de cuisine ?

— Non, bien entendu, Votre Altesse. Ce n'est pas ce que je voulais dire.

Zabrina vit la mâchoire du garde du corps se crisper. De toute évidence, il désapprouvait son attitude, et elle ne pouvait l'en blâmer. Sa demande était pourtant plus un acte d'autoprotection qu'un caprice d'enfant gâtée. Après sa première rencontre avec Constantin Izvor, elle avait longuement arpenté sa chambre, en proie à un malaise persistant dû à son irrésistible attirance pour lui et aux sensations qui envahissaient son corps. Sa robe serrée les amplifiant, elle s'en était donc débarrassée au plus vite et, au moment de s'habiller pour la soirée, avait choisi une tenue décontractée afin de se sentir plus à l'aise.

Hélas ! ses vêtements n'avaient aucun effet sur les réactions que provoquait en elle ce séduisant garde du corps. À sa simple vue, Zabrina avait senti son cœur s'emballer, ses jambes faiblir, et une nuée de papillons lui envahir le ventre. Or, céder, ne serait-ce qu'en pensée, à son penchant pour ce beau ténébreux était une faute impardonnable alors qu'elle était sur le point d'épouser un autre homme.

Conditionnée par des années d'éducation stricte, Zabrina se redressa sur son siège puis décroisa les jambes avant de ramener les pieds sur le côté, genoux serrés. S'efforçant alors d'ignorer l'atmosphère de fausse intimité que créait la table avec ses bougies allumées, elle adressa un sourire à Constantin Izvor.

— Je vous prie de m'excuser, je ne suis pas tout à fait moi-même aujourd'hui. Cette situation est vraiment…

Zabrina laissa sa phrase en suspens. Se confier n'était pas une bonne idée.

Le garde du corps, plongea alors son regard dans le sien :

— Vraiment quoi ?

— Peu importe, répliqua-t-elle d'un ton sec. Pourquoi ne commanderiez-vous pas le dîner, Izvor ? Plus tôt nous aurons fini, plus vite je pourrai me retirer pour la nuit, et vous retourner à votre poste de garde.

L'expression irritée, bien que fugitive, de Constantin stupéfia Zabrina. Était-il arrogant ou bien si sûr de son physique avantageux qu'il lui soit difficile de croire qu'une femme veuille écourter le temps passé avec lui ? Sa première impression avait peut-être été la bonne : côtoyer de près le roi avait dû lui monter à la tête. Ou alors, l'un des chefs était *une* chef, sa petite amie, et il était déterminé à voir la future reine apprécier pleinement sa cuisine, même si un repas complet était la dernière chose qu'elle désirait.

À cette seule pensée, Zabrina sentit une réaction aussi vive qu'inattendue s'imposer à elle. En un éclair, sa poitrine lui fit l'effet d'être comprimée dans un étau tandis qu'elle imaginait cet homme trop séduisant serrant une autre femme dans ses bras, l'embrassant avec passion et…

Comme il tendait le bras vers la sonnette, elle comprit qu'il s'agissait de jalousie, une émotion totalement inappropriée envers un garde du corps !

Se sentant soudain la gorge sèche, elle lança :

— Pourriez-vous me servir un verre, s'il vous plaît ?

— Bien sûr. Vous ne vous sentez pas bien, Votre Altesse ? Vous paraissez…

— Je vais très bien, l'interrompit-elle. J'ai simplement besoin de boire quelque chose, si ce n'est pas trop vous demander !

Constantin Izvor fronça légèrement les sourcils avant de demander :

— Puis-je vous proposer un vin de Petrogoria ? Je serais heureux de vous recommander un de nos crus considéré parmi les meilleurs, même si les Français refusent de lui reconnaître ce statut.

Bien que rêvant d'une boisson capable de soulager sa tension, Zabrina, qui ne buvait que très rarement d'alcool, sut qu'il était insensé d'accepter cette proposition. Voir ses inhibitions s'atténuer face à un homme, et un subordonné en plus, tel que Constantin Izvor était la dernière des choses à faire.

— Un simple verre d'eau fera l'affaire, je vous prie, répondit-elle.

— Certainement, Votre Altesse.

Le léger tressautement d'un nerf sur sa joue confirma la première impression de Zabrina. Cet homme avait vraiment du mal à recevoir des ordres. Il prit cependant une bouteille d'eau gazeuse dans un minibar et la servit.

Au moment où il lui tendit le verre en cristal, leurs doigts s'effleurèrent. Un frisson parcourut la peau de Zabrina. Ces réactions incontrôlables de son corps devenaient inquiétantes ! Surtout à la suite d'un contact aussi minime. Elle se sentit soudain pareille à une adolescente énamourée, n'ayant qu'une envie : le dévorer des yeux. Elle était sur le point d'épouser un autre homme, que diable !

Consciente de ne voir soudain plus que la bouche parfaitement dessinée de Constantin Izvor, Zabrina baissa les yeux et but une longue gorgée d'eau pétillante. Fort heureusement deux serviteurs entrèrent à cet instant, poussant devant eux un chariot contenant plusieurs plats couverts de cloches en argent qu'ils disposèrent sur la table.

— Où est Silviana ? demanda-t-elle dès qu'ils se furent retirés.

— Dans une voiture voisine. J'ai pensé que vous seriez plus à l'aise en dînant sans être observée par vos futurs sujets. Elle peut revenir, si vous avez besoin de sa compagnie.

— Je comprends. Dans ce cas, inutile d'attendre. Asseyons-nous.

— Si cela ne vous dérange pas, je préfère rester debout. Je dois goûter vos plats, puis vous servir.

— Bien sûr, répondit Zabrina en toute hâte, inquiète d'avoir enfreint l'étiquette.

Roman regarda la princesse s'installer à table. En dépit de son attitude posée, elle lui sembla gênée. Elle pouvait l'être après lui avoir offert de s'asseoir face à elle comme s'il était son égal ! Était-ce une conduite habituelle de sa part envers ses employés masculins, envers les hommes en général ? Si tel était le cas, l'étiquette au palais d'Albastase devait être bien laxiste !

Un jugement un peu hâtif peut-être, mais Roman avait des idées très arrêtées sur les femmes. Quel que soit son passé cependant, il n'était pas décidé à ignorer aveuglément les déficiences de sa future épouse !

Il saisit donc sa fourchette, goûta une bouchée de riz noir aux grains de grenade et aux pignons, puis servit à Zabrina une portion modeste adaptée selon lui à sa constitution menue.

Debout à côté de la table, Roman ne pouvait détacher les yeux de sa bouche. Le mouvement de ses lèvres pulpeuses éveilla en lui un nouvel élan de désir. Rien d'étonnant après le célibat qu'il s'imposait depuis un an ! Malgré les nombreuses incitations lors de ses derniers voyages à travers l'Europe, il avait jugé plus correct envers sa future épouse de ne pas s'adonner aux plaisirs de la chair si peu de temps avant leur mariage.

En conséquence, son appétit sexuel était plus aiguisé que jamais et semblait augmenter de minute en minute.

Constatant que Zabrina avait terminé, il lui proposa de la resservir.

— Non, je vous remercie, c'était délicieux, mais il semble y avoir de nombreux autres plats.

Comme elle levait les yeux vers lui, la flamme des

bougies projeta l'ombre de ses cils fournis sur la peau dorée de ses joues. Il dut se retenir de les effleurer, mais s'autorisa un sourire.

— En effet, Votre Altesse.

— Vous parler me donne mal au cou. Pourquoi ne vous assiériez-vous pas pour le reste du dîner ?

Roman n'hésita qu'une seconde. Cette entorse au protocole avait finalement peu d'importance dans la mesure où il devait bientôt révéler sa véritable identité à Zabrina. Sa surprise serait adoucie à la vue du collier qui accompagnerait son aveu. Il déposa donc son sabre, prit place face à elle puis goûta le plat suivant avant de la servir. Il aurait aimé pouvoir défaire sa queue-de-cheval et voir cascader sa chevelure sur ses épaules nues, mais il se réconforta en songeant que dans quelques semaines elle serait dans son lit et dans ses bras. Consommer leur mariage n'en serait que plus délicieux après une si longue attente…

Tout en dégustant les fines lanières de poisson servies avec une salade de roquette et les premiers légumes printaniers, Zabrina se détendit. Roman éprouva un brusque élan de compassion en voyant disparaître peu à peu la tension de son visage et de ses épaules.

— Vous n'avez pas beaucoup mangé ces derniers temps, n'est-ce pas ?

Elle le regarda aussitôt, l'air inquiet.

— Comment diable savez-vous cela ? Seriez-vous doué de clairvoyance ?

— Cela serait probablement une arme à double tranchant, je le crains. En réalité, il s'agit seulement d'une question d'instinct. J'ai, par le passé, été à la tête d'une armée et ai appris à reconnaître les signes indiquant que mes hommes avaient faim.

— Vraiment ? Je croyais les soldats capables d'endurer de nombreuses privations sans rien laisser paraître.

— C'est exact, mais ils sont humains, répondit-il avec un sourire. La nourriture est une nécessité, pas un luxe, même si les femmes s'en méfient. Vous êtes d'une constitution naturellement mince, et n'avez donc nul besoin de régime pour entrer dans votre robe de mariage, mais vous devez manger de façon régulière, votre corps et votre esprit ont besoin d'être nourris, en particulier au vu des journées chargées qui vous attendent.

Zabrina posa aussitôt ses couverts, les lèvres soudain pincées.

— Si j'ai besoin de conseils nutritionnels, je ferai appel à vous. En attendant, veuillez m'éviter ce genre de sermon fondé sur ma seule apparence physique.

— Je vous prie de me pardonner mon attitude.

Elle se mordit la lèvre, son regard s'assombrit, et Roman vit la tension envahir de nouveau son visage. La seconde suivante, les mots sortaient de sa bouche, sans même qu'il l'ait questionnée :

— Que faire, demanda-t-elle d'une petite voix, lorsque vous perdez tout appétit tellement vous redoutez le sort qui vous attend ?

— Je ne suis pas certain de comprendre à quel sort vous faites allusion, Votre Altesse, répondit-il d'un ton aussi posé que possible. N'importe quelle princesse envierait votre destin. N'allez-vous pas devenir la reine d'un des plus riches pays d'Europe, et la femme d'un roi si puissant ?

— En effet. Hélas ! tout le problème réside là…

— Et quel est donc ce problème ?

Zabrina se leva alors d'un bond, stupéfiant Roman. En un éclair, sa physionomie changea du tout au tout. Toute trace de la résignation qui avait accompagné sa réponse précédente disparut. Elle posa alors les mains sur la table si fort que les couverts tressautèrent, se pencha, puis darda sur lui un regard brillant d'indignation.

— Un problème qui est insoluble car, en raison de la position liée à ma naissance, je suis forcée d'épouser un homme que je ne souhaite pas épouser !

4.

Dans le silence surnaturel qui suivit son exclamation, Zabrina se redressa lentement, horrifiée.

Elle venait de déclarer à Constantin Izvor, un homme de toute évidence parmi les plus proches du roi, ne pas vouloir épouser son illustre patron !

Soudain incapable de le regarder, elle s'éloigna vers la vitre dans l'espoir d'ordonner ses pensées. Dehors, la lune baignait le paysage nocturne d'une lumière argentée. Ce tableau poignant la fit penser à Albastase où, bien souvent, son frère, ses sœurs et elle contemplaient les étoiles ensemble. Le mal du pays la prit de nouveau. Il serait si bon de pouvoir effacer les heures précédentes – en particulier les dernières minutes – d'un coup de baguette magique !

Hélas ! la réalité n'avait rien d'un conte de fées. Zabrina venait de commettre un acte de trahison, et devait donc en assumer les conséquences. Si Constantin Izvor décidait de rapporter ses propos à son patron – ce qu'il était parfaitement en droit de faire –, force lui serait d'accepter la honte et un probable bannissement.

Résolue à se comporter avec courage et dignité, Zabrina revint vers la table. À sa grande surprise, le garde du corps ne semblait pas offusqué. En fait, son visage à la beauté dévastatrice exprimait plus la curiosité que le choc.

— Vous serait-il possible d'oublier ce que vous venez d'entendre ? J'étais… exténuée. Le manque de nourriture des jours précédents est probablement responsable de mon état de faiblesse. Vous aviez vu juste sur ce point.

— Ou bien il y a une autre raison.

— Pardon ? demanda-t-elle, surprise.

— Selon mon expérience, les gens ne disent rien qu'ils ne pensent vraiment, au moins en partie. Vous avez visiblement de sérieuses préoccupations. Or, tout problème doit être abordé. Aussi, pourquoi ne pas vous asseoir, le temps de vous ressaisir pendant que je fais débarrasser la table ?

Sans attendre sa réponse, il sonna tout en lui indiquant un canapé avant de poursuivre :

— Je pourrai alors vous tranquilliser.

Décidément, il se comportait comme s'il était son hôte au lieu d'être un employé de la famille royale ! Le temps qu'elle rejoigne le canapé, plusieurs serviteurs étaient entrés, les uns se chargeant d'emporter plats et couverts, et d'éteindre les bougies, les autres d'allumer les lampes d'appoint. L'atmosphère devint aussitôt si intime que Zabrina se prit à souhaiter voir le monde alentour disparaître et rester à jamais seule avec Constantin Izvor, à l'abri dans ce cocon douillet.

Choquée par cette pensée, elle se hâta de réfléchir à la manière de racheter sa remarque déplacée.

Les employés partis, Constantin vint alors s'asseoir sur le canapé opposé, sans avoir eu besoin de son invitation cette fois.

— Donc, annonça-t-il sans préambule, vous avez certaines réserves concernant votre prochain mariage.

Des « réserves », le terme était faible !

— Toutes les futures mariées en ont, j'imagine.

— C'est possible. Puis-je vous demander quelles sont les vôtres ?

Zabrina aurait payé cher pour n'avoir jamais provoqué cette conversation. Le mal était cependant fait. Elle hésita quelques secondes à répondre. Si elle congédiait Constantin Izvor à présent, il obéirait sans aucun doute. Il y avait deux possibilités ensuite : ou il s'empresserait d'aller rapporter ses propos à son maître, ou il les garderait pour lui. Dans le premier cas la honte s'abattrait sur elle, dans le second ils seraient liés par un secret à l'insu du roi. Dans les deux, le résultat serait catastrophique.

En temps normal, Zabrina n'aurait jamais discuté de ce sujet, en particulier avec un inconnu, mais Constantin la regardait avec une telle bienveillance qu'elle eut envie de se confier à lui. En insistant bien entendu sur les peurs naturelles d'une future mariée innocente.

— Je crains de m'être mal exprimée…

Constantin Izvor secoua la tête, l'interrompant.

— Je ne crois pas. Vos propos reflétaient votre ressenti. Soyez cependant assurée que je ne porterai aucun jugement, Votre Altesse, cela ne relève pas de mes attributions, et je n'ai pas pour habitude de colporter de ragots. Votre réaction m'a intrigué. À vrai dire, je pense que vous avez peut-être besoin de vous décharger d'un poids. Le faire avant d'arriver au palais serait préférable, car c'est un endroit impressionnant.

— J'ai grandi dans un palais ! Je suis habituée à ce style de vie.

— Aucun n'égale toutefois la taille ou la splendeur de notre citadelle petrogorienne, mais là n'est pas le problème. Pourquoi ne me considéreriez-vous pas comme un prêtre dans un confessionnal, en ayant la certitude que tout ce que vous me confierez sera confidentiel et ne sortira pas de ce train ?

Personne, aux yeux de Zabrina, ne ressemblait moins à un prêtre que ce séduisant garde du corps qui, par-dessus le marché, lui inspirait des pensées... fort peu catholiques ! Cela dit, il vivait dans le proche entourage de son futur mari, le connaissait probablement mieux que tout autre et était donc bien placé pour apaiser ses peurs.

— J'ai entendu dire que le roi était un homme... impitoyable, finit-elle par dire.

Un petit sourire étira les lèvres de Constantin Izvor.

— Une certaine sévérité est nécessaire pour un monarque aussi puissant que Roman le Conquérant. Il a considérablement accru la richesse de notre pays depuis son accession au trône, et a maintenu une paix durable dans une région à l'instabilité notoire. Ainsi que vous le savez, Petrogoria a souvent été assiégé par ses voisins dans le passé, y compris par votre propre pays.

Zabrina acquiesça de la tête. Elle n'avait pas l'intention de défendre les actions de ses ancêtres qui avaient planté le drapeau albastasien sur un territoire qui serait sous peu rendu à son propriétaire légitime. Ce n'était d'ailleurs pas le but de la conversation.

— Je sais cela. Je souhaiterais simplement ne pas être offerte en sacrifice, ou disons en réparation, pour cette ancienne discorde ! Pour être franche, je n'ai aucune envie de me marier, encore moins avec un inconnu.

Cet aveu ne déstabilisa pas Constantin Izvor. Il la regarda quelques secondes puis, l'air pensif, lui fit observer :

— Ce mariage va cependant vous apporter une incomparable aisance financière, en plus des privilèges associés à la vie de notre cour. Et ses contraintes, bien entendu, mais les jeunes princesses ne rêvent-elles pas toutes d'épouser un roi ?

— Les autres, peut-être. En ce qui me concerne, cette décision a été prise pour moi, par d'autres.

— C'est hélas ! l'un des inconvénients – et l'une des forces – de la monarchie héréditaire. Les besoins du pays sont prioritaires sur les désirs personnels.

— Et, à votre avis, le roi est-il heureux de cet arrangement ?

— Sa Majesté se concentre sur les faits, pas sur les émotions. Elle connaît parfaitement les intérêts liés à un mariage de sang bleu.

— Son père a pourtant épousé une roturière, très jeune de surcroît, n'est-ce pas ?

Comme Izvor ne répondait pas, Zabrina poussa son avantage :

— Est-ce la raison pour laquelle leur mariage s'est soldé par un divorce houleux ? Elle l'a quitté, si mes souvenirs sont exacts.

— En quelque sorte.

La réponse brève du garde du corps s'accompagna d'une moue amère, puis ses traits se détendirent, ou plus exactement se firent impassibles, comme si toute émotion les avait désertés. Il poursuivit alors :

— Une telle expérience marque inévitablement un enfant à jamais. La jeunesse douloureuse de Son Altesse a fait de lui un homme fort.

Zabrina ne s'était jamais questionnée sur le pourquoi de cet aspect de la personnalité de Roman. Un autre en revanche, dont elle avait entendu parler à mots couverts, l'avait interpellée et surtout inquiétée. Si Izvor lui parlait si ouvertement, autant saisir cette occasion pour en vérifier la véracité.

— On dit le roi cruel. Est-ce vrai ?

Le garde du corps réfléchit quelques secondes.

— Non.

— Vous semblez très sûr de vous.

— Absolument. Croyez-moi, je le connais mieux

que quiconque. Il tient cette réputation des interviews données à la presse par certaines femmes, mais elle est injuste, croyez-moi. Leur allusion à une possible cruauté est peut-être due au fait qu'il n'a pu combler leur plus grand désir.

— Que désiraient-elles donc ?

— Ne le devinez-vous pas ?

Zabrina hésita, ne sachant comment formuler sa question puis, rassemblant son courage, demanda :

— Une liaison… passionnée ?

— Il ne s'agissait pas de ça. Coucher avec quelqu'un est simple.

Une brusque chaleur embrasa les joues de Zabrina.

— Qu'était-ce, alors ?

— L'amour. Ce concept étrange qui pousse la plupart des humains à se lancer dans une quête sans espoir, et laisse tant de malheur dans son sillage. Il séduit particulièrement les femmes. Qu'en est-il de vous ?

Ne comprenant pas le sens exact de sa question, Zabrina haussa les sourcils.

— Quelle importance accordez-vous à l'amour, Votre Altesse ?

— Comment le saurais-je sans en avoir fait l'expérience ? répondit-elle calmement.

— Dans ce cas, considérez-vous comme chanceuse. Certains ne voient en lui que folie, d'autres ne croient même pas à son existence.

Il poussa un soupir avant de reprendre :

— Pardonnez-moi cette digression. Je ne sais d'ailleurs pas comment nous en sommes arrivés là alors que nous étions censés discuter du roi.

— Bien sûr. C'était effectivement le but de cette conversation.

— Vous le trouverez exigeant la plupart du temps,

mais il ne demande rien aux autres qu'il ne soit préparé à donner lui-même. Il est rigoureux, a tendance à se surmener mais, croyez-moi, c'est un homme foncièrement bon.

Cela ne rassura en rien Zabrina, qui avait de moins en moins envie de rencontrer ce roi, véritable bourreau de travail et de toute évidence froid et distant.

— Cette description n'est pas des plus élogieuses !

— Je m'efforce d'être franc avec vous au lieu de vous brosser le portrait du prince charmant que vous souhaitez peut-être entendre. Cette union ne vous promet pas une succession de jours heureux sans le moindre nuage, mais une relation beaucoup plus solide. Les mariages arrangés – cela a été testé et prouvé au fil des siècles – offrent les meilleures chances de succès.

— C'est donc dans le but de garantir ces « meilleures chances », que je vais être immergée dans votre culture du jour au lendemain sans ma famille ou certains de mes serviteurs pour me rassurer, m'apporter leur soutien ?

Et, prise d'un accès d'indignation, Zabrina ajouta sans réfléchir :

— Tenez, pour être franche, cela me donne l'impression d'être manipulée, préparée, puis dirigée comme un robot destiné à servir les intentions de votre monarque et à satisfaire ses désirs !

Constantin Izvor éclata d'un rire si spontané que Zabrina sentit un long frisson lui parcourir la peau. Toute sa tension disparut comme par enchantement.

— Quelle tirade ! s'exclama-t-il une fois son sérieux retrouvé. J'ai pourtant un point à vous opposer : un robot est froid, dépourvu d'émotions tandis que vous, vous êtes faite de chair et de sang. Vous êtes belle et chaleureuse, et de plus, me semble-t-il, vous êtes dotée d'une nature ardente.

Là-dessus, il se leva, sortit son revolver de son holster, puis le déposa sur une table d'appoint. Zabrina le regarda faire. Bien que surprise par ce compliment inattendu, elle se retrouva en proie à des sensations d'une intensité bien supérieure à celles ressenties jusque-là. Ses seins s'étaient faits lourds sous son petit haut, son cœur battait à un rythme endiablé, et une étrange chaleur s'était logée au cœur de son intimité. Autant de réactions aussi incontrôlables que délicieuses. Un avant-goût de ce qu'elle pourrait ressentir si Constantin l'attirait contre son torse puissant, la serrait dans ses bras, l'embrassait…

Même si cet échange si personnel avec Constantin Izvor était totalement inapproprié, Zabrina regretta de ne pouvoir découvrir les délices d'une intimité avec lui.

Elle pensa alors aux photos de son futur mari. Roman à cheval brandissant une épée ; en uniforme lors d'une mission officielle à New York, entouré de chefs d'État et de dignitaires ; en smoking à une soirée de bienfaisance ; et bien d'autres encore. Aucune n'avait éveillé la moindre étincelle de désir en elle.

Totalement immergée dans ses pensées, Zabrina murmura :

— Il me fait l'effet d'être un peu ours. Sa barbe renforce cette impression. Or…

Elle s'arrêta brusquement en se rendant compte que le garde du corps était venu s'asseoir à côté d'elle et la regardait avec intensité.

— Or quoi ?

Il était encore temps de renvoyer Constantin Izvor dans ses quartiers, et de se retirer dans sa chambre, quelles que soient les conséquences à affronter plus tard, mais une force invisible la retenait clouée sur le canapé. Et, malgré l'indéniable sensation de danger qui flottait dans l'air, Zabrina n'avait aucune envie de le congédier. Elle voulait simplement se perdre dans la profondeur de ses yeux, se laisser envelopper par sa voix…

— Or, je déteste les barbes, déclara-t-elle d'un ton soudain affirmé.

Roman aurait dû être furieux – depuis un certain temps d'ailleurs – pourtant il éprouvait une émotion bien différente. Peut-être parce que le visage à l'expression rebelle levé vers lui était d'une beauté irrésistible, ou bien parce qu'il n'était pas habitué à une franchise si candide. Peu importait, en réalité. À la poitrine de Zabrina qui se soulevait au rythme rapide de sa respiration, il devina le ressentiment accumulé dans son corps frêle, mais lut surtout dans ses yeux un désir pareil à celui qui venait de déferler dans ses propres veines – et né dès l'instant où il avait croisé son regard à la gare. Il ne s'en était pas rendu compte avant. À présent, cela lui paraissait évident.

Elle ne voulait pas de l'homme auquel on l'avait promise, mais le voulait, *lui* !

Roman pensa à se lever, à prendre congé sur-le-champ, et à s'accorder une nuit de sommeil afin de réfléchir le lendemain à tête reposée aux aspects perturbants de la personnalité de Zabrina qui venaient de se révéler à lui. Il n'en fit cependant rien. Un irrépressible besoin de l'embrasser avait pris possession de lui, annihilant toute raison, toute volonté.

Son trop long célibat était probablement responsable de son incapacité à résister à la tentation. Cette femme l'attirait comme un aimant, le vert lumineux de ses yeux l'éblouissait, la vue de ses lèvres pulpeuses, à peine entrouvertes, l'envoûtait, et le subtil parfum qui flottait dans l'air l'emprisonnait dans ses suaves effluves.

Jamais Roman n'avait ainsi été la proie de ses sens.

Sensations et émotions le submergeaient avec une force jusque-là inégalée. Tout contrôle lui échappait. Il ne se reconnaissait plus. Qui était-il ? Le roi froid et distant lui semblait n'être qu'un vague souvenir, il ne se prenait même plus pour un garde du corps fictif. Comment dans ce cas aurait-il pu révéler à Zabrina une identité que lui-même ignorait ?

En fait, un inconnu semblait avoir pris possession de son corps.

Dans un état second, il se sentit incliner la tête. Le regard de Zabrina, un instant surpris, se voila. Répondant à cette muette invitation, Roman approcha les lèvres des siennes, lui effleura la bouche. Dans un éclair de lucidité, il s'attendit qu'elle le repousse, mais elle le saisit par les épaules et se pressa contre lui. Il approfondit alors son baiser. Leurs langues se mêlèrent et entamèrent une délicieuse danse érotique ponctuée de gémissements.

Ceux de Zabrina.

Et les siens !

Roman glissa une main sous son T-shirt léger, puis prit en coupe un sein recouvert de fine dentelle, surpris de le trouver plus plein que ne l'avait laissé deviner sa robe ajustée. Il en caressa les contours avant d'en titiller la pointe du bout d'un doigt. Zabrina renversa aussitôt la tête en arrière, tandis qu'un petit cri rauque lui échappait. Il en profita pour embrasser son cou. Sa peau frissonna sous ses lèvres, et elle retint son souffle.

Ensorcelé, Roman fit glisser la main le long du ventre de Zabrina, et promena l'index sur sa peau, au bord de la ceinture de son pantalon. Comme elle tendait les hanches vers lui, il voulut lui demander son accord avant de poursuivre, mais les mots lui firent défaut. Après tout, il lui avait promis que tout ce qu'ils se diraient resterait confidentiel. Cela concernait aussi ce qu'ils feraient. En guise de question, il se contenta de murmurer :

— Princesse…

Elle releva la tête. Ils se fixèrent une seconde, et se comprirent.

Si l'usage de son titre glaça fugitivement Zabrina, ce bref rappel à la réalité ne parvint cependant pas à étouffer son désir pour Constantin. Malgré son inexpérience, elle était consciente d'avoir atteint un point de non-retour. Cet homme la fascinait depuis l'instant où ses yeux s'étaient posés sur lui, la tension s'était accumulée au cours du repas, et il avait su gagner sa confiance, grâce à son regard clair et franc. Ses confidences lui semblèrent soudain à double tranchant. Exprimer à voix haute ses craintes et ses doutes l'avait certes soulagée, mais l'avait aussi rendue impatiente… Comme si elle avait subitement pris conscience d'être incomplète et de devoir combler un manque.

Cela lui avait donné envie de s'accorder une plus grande liberté. L'espace d'un instant, elle avait la chance de ne plus être une princesse promise à un roi quasi inconnu, mais une femme libre de ses choix. En particulier de celui de décider elle-même de la personne à qui offrir son corps pour la première fois. Or, même si, selon les dires de Constantin, Roman était rigoureux mais avait très bon cœur, rien de ce qu'elle avait vu de lui ne l'avait attirée.

En revanche, ce garde du corps l'avait totalement conquise !

Et il venait d'entreprendre la conquête de son corps.

Après avoir soulevé son T-shirt, Constantin la prit par les hanches et parcourut son décolleté de légers baisers. Arrivé à son soutien-gorge, il saisit soudain le bout d'un de ses seins entre ses lèvres. Une onde brûlante se déversa dans les veines de Zabrina, irradiant jusqu'au plus profond de son intimité. Elle renversa la tête en arrière et laissa échapper un cri.

Constantin prodigua ses attentions à chacun de ses tétons jusqu'à ce que Zabrina, incapable de réprimer ses gémissements sous l'assaut de sensations qui déferlaient en elle, se tende vers lui. Délaissant alors ses seins, il plaqua la bouche sur la sienne, puis glissa la main sous la dentelle de son slip.

Au contact de ses doigts sur son intimité, Zabrina réprima un cri de surprise, mais ne put retenir un sursaut. Constantin intensifia son baiser tout en poursuivant sa caresse. Elle n'avait jamais rien ressenti d'aussi exquis… Fermant les yeux, elle se laissa aller entre ses bras.

— Princesse ?

Zabrina fut consciente qu'une nouvelle barrière était sur le point d'être franchie, et qu'il lui demandait son autorisation. S'il avait prononcé son prénom, son bon sens l'aurait peut-être forcée à se ressaisir, mais cette répétition de son titre lui donna l'impression d'être hors de la réalité, indifférente aux conséquences de ses actes. Comme si ce qui se passait arrivait à une autre. À une étrangère sensuelle qui aurait pris possession de son corps et réclamait la satisfaction de son désir.

— Oui, murmura-t-elle. S'il vous plaît, Constantin…

5.

Constantin Izvor ôta prestement ses longues bottes de cuir. Il sortit ensuite de la poche de son pantalon un petit carré aux couleurs irisées, avant de se débarrasser à la hâte de ses vêtements qu'il envoya valser dans le salon.

Zabrina eut à peine le temps d'admirer son grand corps musclé, car il avait déjà reporté son attention sur elle, et murmura d'un air songeur :

— Nous ne sommes pas encore à égalité…

Ils ne le seraient jamais. En dépit de sa position de chef des gardes du corps au service direct du roi, il restait un employé, et elle une princesse, mais cela était égal à Zabrina. Seul le regard velouté de Constantin dardé sur elle lui importait. Leur différence de statut ne semblait d'ailleurs pas le perturber ; il était trop occupé à dégrafer son soutien-gorge… Une lueur ardente brilla dans ses yeux tandis qu'il découvrait le petit triangle de dentelle rose qui recouvrait son intimité. Elle vit ses sourcils se relever. Désapprouvait-il ses sous-vêtements ? Non, c'était impossible. La styliste de sa mère les avait choisis avec soin, précisant que les hommes aimaient la lingerie coquine, et que son de devoir d'épouse était de séduire son mari. Constantin aurait-il préféré ses petites culottes habituelles, certes confortables mais très peu sexy ?

Zabrina n'eut pas le loisir de le découvrir, car il

s'agenouilla devant elle et glissa deux doigts sous son slip brésilien, un léger sourire aux lèvres. Pendant une fraction de seconde, elle se demanda s'il allait le lui déchirer, à même la peau – réalisant à sa grande stupéfaction qu'elle l'espérait –, mais il se contenta de le faire glisser jusqu'à ses pieds.

Constantin remonta alors les mains le long de ses jambes, puis pencha la tête entre ses cuisses. Zabrina sursauta, gênée. Trop tard pour protester. Déjà il posait les lèvres sur la partie la plus intime de son anatomie. Elle laissa échapper un petit cri quand il commença à lui prodiguer d'exquises caresses. Au moment où il introduisit un doigt en elle, Zabrina se cambra, haletante, tandis qu'une foule de sensations, si intenses qu'elle crut s'évanouir, l'emportaient dans un monde inconnu. Elle tenta tour à tour de se dérober à lui, puis de s'offrir à nouveau, sous l'effet du plaisir inédit qu'elle sentait monter en elle, inexorablement. Soudain, de longs tremblements lui agitèrent le corps. Elle se mordit la lèvre avec force pour étouffer un cri, puis, quand elle sentit la bouche de Constantin sur son intimité, le temps lui sembla se suspendre… Elle flottait dans une délicieuse béatitude qu'elle aurait souhaité ne jamais quitter.

Lorsque Zabrina rouvrit les yeux, Constantin était en train de déchirer le petit carré sorti de sa poche quelques instants auparavant. Un préservatif… Loin d'être gênée, elle n'éprouva qu'une douce impatience.

Lorsqu'il l'étendit sur le canapé et s'allongea sur elle, Zabrina prit brusquement conscience de l'importance de ce qui était sur le point de se passer. En un éclair, des doutes l'assaillirent.

— Constantin…

Il se figea et dit d'une voix assourdie par le désir :

— Oui ?

Elle hésita à parler, puis renonça de crainte de briser la magie de l'instant. Son corps réclamait davantage que le plaisir qu'il lui avait déjà offert, et elle capitula.

— Rien..., murmura-t-elle en l'attirant à elle.

D'instinct, elle tendit les hanches vers lui, et Constantin la pénétra doucement. Elle retint son souffle, stupéfaite de sentir son corps s'adapter au sien, comme si tout son être avait attendu le moment d'être possédé par cet homme. Il entama alors un va-et-vient sensuel, faisant monter en elle un plaisir plus intense à chacun de ses assauts.

Incapable de réprimer ses gémissements, Zabrina renversa la tête contre les coussins. Constantin prit aussitôt possession de sa bouche avec ardeur tout en accélérant le rythme. Lorsqu'il fit glisser les lèvres sur sa poitrine pour lui agacer le bout des seins, elle referma les jambes autour de sa taille et cria :

— Oui ! oh oui !

En quelques coups de reins puissants, Constantin l'emporta jusqu'aux cimes du plaisir, et Zabrina, éperdue, sentit une succession de vagues submerger tout son corps, tandis que des sensations déferlaient en elle, irrésistibles... En un éclair, son monde éclata en un gigantesque feu d'artifice, et elle entendit Constantin crier son prénom.

Dans la seconde suivante, il se laissa doucement tomber sur elle. Cœurs battant à l'unisson et sueurs mêlées, ils ne faisaient plus qu'un, désormais. Malgré son inexpérience, Zabrina eut la certitude qu'un lien profond unissait leurs âmes, plus fort encore que celui qui avait uni leurs deux corps. Alors, Constantin releva la tête et l'observa longuement, comme émerveillé.

Avait-il lui aussi conscience qu'une force irrésistible les avait poussés l'un vers l'autre, et qu'un sentiment rare les liait l'un à l'autre ? Si rare que Zabrina, en cet instant, se sentait prête à changer son destin pour Constantin, à renoncer à son titre et à ses privilèges pour s'enfuir avec lui. Le scandale serait terrible – mais les gens oublieraient –, et ils pourraient s'installer ensemble en un lieu reculé, vivre simplement, faire l'amour à toute heure du jour ou de la nuit, élever leurs enfants… Elle était même prête à apprendre à cuisiner et à tenir une maison pour lui !

— Constantin.

Elle s'apprêtait à partager ses pensées avec lui, mais sentit son érection se raviver, puis vit son regard s'assombrir, comme s'il résistait à l'envie de lui faire à nouveau l'amour. Regrettait-il ce qui venait de se passer entre eux ? Elle, en tout cas, n'avait aucun remords. Leur union lui semblait inscrite dans les étoiles.

Brusquement, il se retira puis s'assit au bord du canapé, lui tournant le dos. Que lui arrivait-il ? Et pourquoi ne pouvait-il pas partager ses pensées avec elle ?

— Constantin ? répéta-t-elle d'une voix très douce.

Il tourna la tête. Une expression glaciale avait remplacé le visage lumineux qu'il arborait quelques instants auparavant. Il serrait les dents comme sous l'effet d'une colère retenue. Zabrina se redressa sur un coude pour demander :

— Quelque chose ne va pas ?

— À votre avis ? s'exclama-t-il d'une voix aussi froide que son regard.

Zabrina déglutit avec peine.

— Je sais que nous n'aurions pas dû, mais…

Incapable de contenir sa colère une seconde de plus, Roman fit taire Zabrina d'un geste impératif de la main. Il lui en voulait d'éveiller à nouveau son désir, mais était encore plus furieux envers lui-même d'avoir perdu son contrôle de manière aussi spectaculaire.

— Vous avez sacrément raison. Nous n'aurions jamais dû !

Elle se redressa contre les coussins, repoussa les mèches échappées de sa queue-de-cheval, inconsciente de l'effet que sa nudité produisait sur lui.

— Écoutez, murmura-t-elle, je n'ai aucune expérience de ce genre de situation, mais c'est arrivé, et nous ne pouvons rien y changer, n'est-ce pas ? dit d'un air contrit celle qui peu auparavant se pâmait de plaisir entre ses bras !

Et, pour couronner le tout, une nouvelle flambée de désir narguait Roman avec une insistance aussi dérangeante que déplacée !

— Je vous en prie, ne me prenez pas pour un imbécile. Votre petit numéro d'ingénue ne marche pas avec moi.

L'air confus de Zabrina semblait si réel que Roman faillit s'y laisser prendre. À d'autres ! Elle était bonne actrice, rien de plus.

— De quoi parlez-vous, Constantin ?

L'emploi de ce prénom aviva sa colère. Il n'avait nul besoin de s'entendre rappeler sa supercherie !

— Parce que vous n'en avez aucune idée, peut-être ?

Sur ce sarcasme, furieux de la manifestation intempestive de son corps qui si Zabrina la découvrait, ôterait toute crédibilité à son discours, Roman enfila rapidement son pantalon, alla chercher le jeté de lit dans la chambre, puis revint le lui lancer.

— Couvrez-vous !

Et pour s'épargner sa vue pendant qu'elle se levait pour s'enrouler dedans, il arpenta rageusement le salon. Sentir Zabrina nue, si proche, était un véritable supplice. Arrivé à la porte de la voiture, il fit demi-tour et lut une surprise horrifiée dans ses yeux. Il était enfin temps qu'elle prenne conscience de la gravité de ses actes !

— Qu'y a-t-il donc ? demanda-t-il.

— Vous rendez-vous compte que quelqu'un aurait pu entrer et nous surprendre ?

Roman, qui hésitait sur la manière de lui annoncer sa décision, vit dans ces propos la parfaite entrée en matière. Leur brève relation avait changé le cours de leur destinée. Il n'était plus dans l'obligation de l'épouser, désormais. Toutefois, il n'en éprouvait aucun soulagement. Bizarre, mais il aurait tout le temps de chercher à comprendre ses états d'âme plus tard.

— Personne ne serait entré.

— Vous n'en savez rien ! dit Zabrina avec un petit rire nerveux

— Si.

— Comment pouvez-vous l'affirmer avec une telle certitude ?

L'indignation de Roman n'avait pas réussi à faire taire ses remords. La tromperie de Zabrina surpassant cependant de beaucoup la sienne, il lâcha :

— Parce que je ne m'appelle pas Constantin Izvor. Je ne suis pas le chef des gardes du corps. Je suis…

Elle blêmit.

— Vous êtes le roi ! l'interrompit-elle. Vous êtes Roman de Petrogoria…

6.

— Comment diable savez-vous cela ?

La stupéfaction de Roman apporta une certaine satisfaction à Zabrina. Avoir pris conscience à temps de son identité lui rendait un semblant de contrôle sur cette situation désastreuse.

Même si son avantage était infime, la balle était dans son camp. Bien l'exploiter devenait essentiel. Surtout, ne pas céder à la panique.

Une multitude de pensées lui traversèrent alors l'esprit tandis que le train poursuivait sa route vers la frontière séparant leurs deux pays. En premier lieu, elle devait dissimuler ses sentiments à Roman. La savoir blessée par sa supercherie ne ferait qu'augmenter son pouvoir sur elle. Or, il était déjà suffisamment important.

Pour comble d'incongruité, sa vision idyllique d'une vie avec lui, à la campagne, s'imposa à son esprit. Comment cet homme avait-il fait pour lui faire perdre la tête de la sorte ? Une rêverie romantique due au feu de la passion ? Peu importait ! Ce n'était pas le moment de se laisser distraire.

D'ailleurs, Roman profita de son silence pour demander à nouveau d'un ton glacial :

— Depuis quand connaissez-vous ma véritable identité ?

Zabrina se força à lui retourner un regard froid.

Difficile quand sa beauté la subjuguait. Ni la colère de Roman ni son propre affolement ne réussissaient à annihiler, ou au moins à diminuer son attirance pour lui. Et le fait que, dans sa hâte à se rhabiller, il n'ait pas boutonné sa chemise ne l'aidait pas à se concentrer. Voir la peau mate de son torse nu encore couverte de sueur fit renaître sur ses doigts la sensation de ses muscles puissants, de leurs corps mêlés. Quel dommage de ne pouvoir revenir en arrière !

— Alors ? Avez-vous, oui ou non, l'intention de me répondre ?

Brusquement rappelée à la réalité, Zabrina trouva enfin la force de s'indigner :

— Vous voulez probablement me demander à quel moment j'ai découvert que vous trahissiez ma confiance avant même de me rencontrer ?

— Vous osez me parler de trahison ? C'est un comble ! Vous avez couché avec un homme que vous croyiez être mon garde du corps, et vous apprêtiez à arriver dans *mon* pays la bouche en cœur pour m'épouser ! L'auriez-vous oublié, par hasard ? Vous auriez peut-être même trouvé normal d'y être accueillie en grande pompe avec tous les égards dus à une princesse à la moralité irréprochable !

Ces froides accusations déstabilisèrent un instant Zabrina. Il lui était impossible de les nier puisque chaque mot était exact. Tout s'éclairait à présent. Le maintien assuré de Constantin Izvor, sa confiance en lui au point qu'il semblait imbu de lui-même. Bien sûr qu'il l'était ! Il avait essayé de se conduire en roturier alors que depuis une décennie il occupait une des positions les plus importantes de cette région d'Europe. Pas étonnant qu'il ait eu du mal à recevoir des ordres, à faire preuve de la moindre humilité !

Que n'avait-elle cherché à en apprendre davantage sur

lui au lieu de se fier à ses propos rassurants ! Sa mère lui avait pourtant bien assez répété que les hommes étaient des créatures égoïstes auxquelles on ne pouvait jamais accorder sa confiance. Eh bien, celui-ci ne faisait pas exception à la règle ! Fait d'autant plus outrageant qu'il était en position de force et s'en servait pour l'intimider.

— C'est vous, qui avez d'emblée cherché à me séduire !

— Pardon ?

— Oui, en me disant que j'étais belle et chaleureuse…

Zabrina se tut brusquement, consciente de la banalité de ces propos – sans parler de sa propre naïveté.

— Et vous réagissez ainsi dès qu'un homme vous adresse un compliment ? Si un employé, par exemple, avait admiré la couleur de vos yeux, l'auriez-vous laissé vous déshabiller, lui auriez-vous offert votre corps comme vous venez de le faire avec moi ?

— Comment osez-vous ?

— Il s'agit d'une question très simple. Un oui ou un non me suffit !

— Je ne devrais même pas m'abaisser à vous fournir une réponse, car vous la connaissez déjà. Mais, puisque vous semblez y tenir, c'est non.

Roman continuant de la dévisager avec froideur, Zabrina ajouta, prise du subit besoin de se justifier :

— Et ce pour une raison évidente : je suis arrivée dans vos bras totalement innocente.

— Qu'êtes-vous en train de me dire ?

Si Zabrina trouvait déjà la situation embarrassante, elle n'avait pas imaginé la voir empirer. Or, c'était le cas. Cette demande de précision signifiait-elle qu'il ne la croyait pas ou qu'il n'avait pas compris l'image qu'elle avait employée ? Quoi qu'il en soit, la gêne n'avait plus lieu d'être après qu'elle se fut comportée sans la moindre inhibition entre ses bras.

— J'étais vierge.

Roman éclata de rire.

— Je vous en prie ! Nous nous sommes mutuellement trahis, cela a assez duré. Dorénavant je souhaiterais que nous fassions preuve de franchise.

— C'est exactement ce que je fais.

— Allons, cessez cette comédie ! Prenez un moment de réflexion pour modifier votre histoire. Vous n'étiez pas vierge, princesse, aussi n'insultez pas mon intelligence en prétendant le contraire.

Comme les yeux de Roman glissaient de son visage à sa poitrine, soudain plus sombres, Zabrina resserra le jeté de lit autour de son corps. Si la savoir nue sous le léger cachemire l'excitait, son regard venait d'éveiller en elle un désir particulièrement déplacé, qu'elle avait tout intérêt à lui dissimuler.

— Croyez-vous que je vous aie menti au sujet de mon inexpérience ?

— Si cela vous rassure, je serai généreux et le mettrai sur le compte de votre esprit créatif. Je comprends que vous souhaitiez protéger votre réputation. Toutefois vous entendre admettre la vérité ne me choquera pas plus que votre légèreté. Ni ne changera ma décision, d'ailleurs.

Zabrina aurait probablement dû s'enquérir de la décision en question dont la mention lui parut de mauvais augure mais, venant de réaliser l'importance de l'accusation, les mots la fuirent, laissant place à l'horreur. Elle jeta un rapide regard au canapé. Dieu merci, son tissu était aussi immaculé qu'à son arrivée !

— Ne me dites pas que vous aviez l'intention d'exposer nos draps de lit maculés de sang à la fenêtre du palais au lendemain de notre nuit de noces en témoignage de ma virginité ! lança-t-elle. Je pensais les membres de familles royales au-delà de ces coutumes d'un autre âge.

— Inutile de chercher à me distraire avec vos sarcasmes ! Je n'ai nul besoin de preuves matérielles pour une raison très simple : je sais comment se comporte une femme lors de son premier rapport avec un homme. Pour votre gouverne, elle est timide, hésitante, et bien souvent bouleversée par ce qui lui arrive.

— Votre connaissance encyclopédique des émotions féminines m'impressionne, *Roman* ! Vous avez donc dû déflorer un certain nombre de vierges.

— Quelques-unes seulement.

— Cela est-il censé me réconforter ?

— Je ne vois pas ce qui serait apte à le faire dans votre situation. Si cela peut vous consoler, la mienne est tout aussi délicate.

— Ce n'est pas le cas ! s'exclama-t-elle. Je n'ai rien à faire de votre consolation et, soit dit en passant, je doute que vous soyez capable d'en offrir. Quant au comportement des femmes la première fois où elles font l'amour, ne croyez-vous pas leur timidité due au fait que vous soyez un roi tout-puissant ? Sauf lorsque vous prétendez ne pas en être un, bien sûr !

Zabrina lui adressa un petit rire ironique avant de poursuivre :

— Votre crime est bien pire que le mien dans la mesure où vous connaissiez mon identité. Aussi, quelle était votre intention initiale, *Roman* ? Me séduire ? Était-ce là une manière de tester mon niveau de résistance à la tentation avant de me soumettre à vous ?

— Un test auquel vous avez lamentablement échoué, princesse.

— La faute en revient peut-être à vos incroyables talents de séducteur !

Un long silence suivit la repartie de Zabrina. Ce compliment lui avait échappé, mais avait eu le mérite de déstabiliser Roman. Il finit par pousser un soupir, puis leva les mains en un geste de conciliation.

— Écoutez, j'ai eu tort de partager la responsabilité entre nous.

— Vous ne semblez guère convaincu.

Cet homme était visiblement incapable de présenter des excuses en bonne et due forme. Comme tous ceux habitués à détenir le pouvoir. Ils ne se disaient désolés que quand ils y étaient vraiment obligés. À l'instar de son père le jour où il avait été surpris dans une situation sans équivoque. Ils faisaient profil bas, mais n'en pensaient pas moins. Consciente d'avoir laissé percer son amertume – et curieuse de savoir si Roman tentait d'exprimer son pardon –, Zabrina demanda :

— Pourriez-vous préciser votre pensée ?

— J'ai eu de nombreuses partenaires par le passé. Il est donc raisonnable de penser que vous avez fait de même.

Zabrina haussa les sourcils.

— Mais ? Car j'imagine que votre subite magnanimité s'accompagne d'une objection.

— L'égalité sexuelle, quoique répandue de nos jours, n'est pas encore de rigueur dans nos deux pays. Une clause tacite de notre contrat de mariage implique que vous n'ayez pas eu d'amant avant moi. Vous en comprenez certainement la raison : il est essentiel, afin d'éviter le moindre doute sur la légitimité de notre future progéniture, que ma femme soit pure.

Bien sûr, il y avait deux poids et deux mesures ! Il ne lui accordait toujours pas le bénéfice du doute. De rage, Zabrina arracha l'élastique qui retenait ses cheveux, libérant ses boucles qui tombèrent en cascade sur ses épaules.

— De toute évidence, vous ne me croyez pas. À vos yeux, je ne suis pas la jeune fille innocente dont vous rêviez. Cela m'importe peu, à vrai dire, mais je vous serais reconnaissante de ne pas illustrer vos préjugés au moyen d'une expression aussi ridicule. « Pure » ! Ce qualificatif conviendrait mieux à de l'eau !

L'indignation de Zabrina faillit faire sourire Roman. Il se souvint heureusement à temps de la gravité de sa situation. Situation à laquelle il devait remédier au plus vite. Même s'il aurait souhaité quitter ce salon sur-le-champ et prétendre que ce qui s'était passé n'était qu'un cauchemar.

Ou un délicieux rêve…

C'était, hélas ! impossible. Aussi puissant soit-il, nul n'avait la capacité d'effacer le passé. L'oublier demeurait impossible. Roman venait en effet de vivre les meilleurs moments de sa vie, et il n'avait qu'une envie : glisser de nouveau les doigts dans l'opulente chevelure de Zabrina, l'embrasser à lui faire tourner la tête, puis la renverser sur le canapé et la refaire sienne avec une ardeur renouvelée.

Que n'aurait-il donné pour sentir à nouveau ses cuisses lui enserrer la taille, pour entendre ses gémissements s'accentuer tandis qu'il l'emmenait vers le plaisir, puis pour étouffer ses cris d'un baiser dans l'ultime abandon ?

À cette évocation, un désir si fort qu'il en était presque douloureux fondit sur Roman. Le même qu'il avait durement combattu tout au long du dîner, avant de finir par y céder. Il avait eu l'impression, en lisant dans les yeux de Zabrina un désir aussi intense que le sien, que son avenir dépendait de cette femme, de leur union intime. Il avait même vu en elle son égale.

Une pensée en contradiction avec ce qu'on lui avait inculqué.

D'ailleurs, loin de paraître intimidée ou repentante, Zabrina le défiait du regard. Elle ne ressemblait en rien à une princesse virginale, reconnaissante d'épouser le roi choisi à son intention, mais lui tenait tête avec aplomb depuis le moment de leur rencontre. Elle les avait trahis, lui et leurs pays, et allait payer le prix de sa folie.

Zabrina aurait fait une exceptionnelle maîtresse, songea Roman avec regret.

En tant qu'épouse cependant, elle était totalement inadaptée.

Allait-elle essayer de sauver la face en oubliant leur relation naissante sans faire d'histoires ? Probablement, car elle avait tout à y gagner, à commencer par une réputation intacte.

Leur rupture devrait cependant être négociée avec tact afin d'en minimiser les retombées.

— Vous avez de nombreux attributs, princesse, déclara-t-il d'un ton solennel. Vous êtes belle, intelligente et trouverez certainement un autre homme désireux de vous épouser. D'une position peut-être inférieure à la mienne, mais qu'importe, le statut social ne fait pas le bonheur.

Roman adressa alors à Zabrina une ébauche de sourire destinée tout à la fois à la rassurer et à se convaincre du bien-fondé de sa décision quand sa seule envie était de la prendre dans ses bras.

— Bien entendu, poursuivit-il, ainsi que je vous l'ai dit en début de soirée, rien de ce qui s'est passé entre nous ne sortira de cette voiture. Je vous l'ai promis et je tiendrai parole. Votre secret sera bien gardé, soyez-en assurée. Vous pourrez tourner la page, entamer un nouveau chapitre de votre vie, comme si rien n'était arrivé.

L'assurance condescendante de Roman irrita Zabrina, sans toutefois avoir un effet repoussant. C'était rageant, dans une situation si sérieuse, de rester la proie de son charme. En dépit de son regard froid, il éveillait son désir. Que ne s'était-elle rhabillée au lieu d'accepter le jeté de lit ! Une barrière supplémentaire l'aurait rendue moins vulnérable, au lieu de ce tissu soyeux qui lui caressait le corps comme les mains de son amant l'avaient fait auparavant !

Alors qu'une douce chaleur se déversait dans ses veines au souvenir des moments extraordinaires que lui avait offerts Roman, Zabrina serra les poings. En aucun cas il ne devait deviner l'effet qu'il produisait sur ses sens.

Aussi, relevant le menton, elle demanda :

— Êtes-vous en train de me dire que vous ne voulez plus m'épouser ?

Roman soupira, comme à regret, mais la lueur de soulagement dans ses yeux démentit cette impression.

— Effectivement. Je vous en ai donné les raisons. Vous les comprenez, j'en suis certain. Vous n'imagineriez d'ailleurs pas échanger des vœux de fidélité avec un homme que vous avez trompé avant même de le rencontrer.

— Trompé ? En théorie seulement !

— Peu importe, l'intention y était. Ce mariage doit être annulé au plus vite. Nous devons décider de la manière la plus raisonnable ou plausible de l'annoncer, afin de limiter les retombées au minimum avant de vous renvoyer à Albastase.

Quelle audace ! Il menaçait de la « renvoyer » comme une collégienne indisciplinée sans tenir compte de sa propre responsabilité ! C'était tout de même lui qui avait pris l'initiative de la déshabiller, pas le contraire ! Zabrina en fulmina d'indignation. Soudain, l'ironie de la situation la frappa. En début de journée, elle aurait donné ses bijoux et possessions, aurait même promis de rester éternellement célibataire, si cela lui avait permis d'échapper à un mariage avec cet homme sinistre.

Sauf qu'il n'avait plus rien de sinistre.

Il était si sublime qu'elle lui avait donné sa virginité. Or, non seulement il l'avait trompée en se présentant à elle sous une fausse identité, mais en plus il l'accusait de mensonge !

Sentant son pouls s'emballer, Zabrina s'efforça de se calmer. Quels que soient ses griefs contre Roman, le moment n'était pas aux accusations. Garder la tête froide, dissimuler son sentiment de trahison et consacrer son énergie à trouver une solution était impératif.

Zabrina passa rapidement en revue les choix possibles.

Le premier était l'annulation du mariage. Mais la déclaration commune posait un problème. Ils ne pouvaient invoquer l'incompatibilité d'humeur dans la mesure où l'idée maîtresse d'un mariage arrangé était justement d'en faire fi. Tous les autres motifs porteraient atteinte à la réputation de Roman ou à la sienne, plus probablement à la sienne.

En outre, d'importantes dépenses avaient déjà été engagées, les traiteurs, organisateurs, artistes et autres corps de métier devraient être décommandés – et indemnisés. Les peuples de Petrogoria et d'Albastase, qui se réjouissaient à l'avance des somptueuses cérémonies accompagnées de plusieurs jours de congé exceptionnels, seraient affreusement déçus. Cela paraissait cependant insignifiant en comparaison des retombées politiques.

Son pays avait un besoin vital de l'apport financier lié à leur union. Zabrina était la seule à pouvoir le sauver. Si le mariage était annulé, elle en serait tenue pour responsable et deviendrait aux yeux de tous une princesse éconduite par un puissant souverain. Son père serait furieux, et toute sa famille en souffrirait.

L'autre choix était de maintenir le mariage, coûte que coûte. Force était donc à Zabrina de ravaler son orgueil blessé, et de convaincre cet arrogant souverain.

— Je ne veux pas annuler le mariage, déclara-t-elle calmement.

Roman leva les sourcils, manifestement stupéfait de l'entendre s'opposer à sa décision. Il se ressaisit cependant très vite.

— Je suis désolé de vous décevoir, princesse, mais il n'aura pas lieu.

— Je crains que vous ne m'ayez pas comprise, *Roman*. Je ne suis pas déçue. Ma décision est parfaitement réfléchie, je ne l'ai pas prise sous l'effet d'une quelconque émotion. Les émotions d'ailleurs n'ont jamais eu aucune place dans notre mariage. Pour être franche, je n'avais pas envie de vous épouser, mais j'avais accepté mon destin.

— Êtes-vous consciente de l'insulte que vous venez de proférer à mon égard ?

— Je n'avais pas l'intention de vous insulter, c'était mon sentiment depuis longtemps – je vous l'ai d'ailleurs dit quand vous jouiez le rôle de Constantin. Mais le passé est sans importance. Un contrat nous lie, qui bénéficiera à nos deux pays. Au mien, sur le plan financier ; au vôtre, sur le plan stratégique. Votre désir de posséder la forêt de Marengo a joué un rôle majeur dans votre décision de m'épouser. L'auriez-vous oublié ?

— Et *vous* avez oublié un détail qui n'a rien à voir avec les finances ou les territoires : il a toujours été entendu que ma future épouse serait…

— *Pure*, c'est ça ? demanda Zabrina, tranchante. Décidément, ce terme vous obsède ! Or, je l'étais, et je devrais être offusquée que vous ne me croyiez pas, mais je me rends compte que je ne le suis pas. C'est probablement parce que je place la barre très bas quand il s'agit de mes attentes envers les hommes !

— Vos opinions négatives sur les hommes ne m'intéressent pas. J'ai l'impression que vous ne m'avez pas bien compris, aussi je vais être clair : vous n'êtes pas une partenaire acceptable pour moi, Zabrina. Je ne veux pas de vous pour épouse.

— Et vous, vous n'avez pas compris un point, répliqua-t-elle avec fermeté. Dans notre contrat de mariage, la clause concernant ma virginité étant, selon vos propres termes, tacite, elle n'a aucune valeur légale !

Roman lui lança un regard dur.

— Vous voulez donc me traîner de force devant l'autel ? Et ce pour la simple raison que votre ego est si démesuré que vous préférez avoir un mari épousé sous la contrainte qu'essuyer un rejet !

— Cela n'a rien à voir avec mon ego. Il s'agit d'assurer un avenir prospère à mon pays !

— Vivre avec un homme qui ne veut pas de vous est loin d'être une recette de bonheur éternel. Ne partagez-vous pas de cet avis ?

Zabrina dut l'admettre : Roman venait de marquer un point. Elle n'était pas stupide au point d'espérer un heureux dénouement digne d'un conte de fées. Dans un mariage royal, l'image du couple l'emportait sur le lien entre les époux. Une relation courtoise était cependant de mise. Elle était consciente de ce qui l'attendait et était même prête à fermer les yeux sur les liaisons qu'aurait sans aucun doute son mari, car cela faisait partie du rôle de reine. Toutefois, avant d'en arriver là, il lui fallait se marier.

— Pourtant, d'une certaine manière, vous voulez bien de moi.

— Je ne parlais pas de sexe ! s'emporta-t-il.

— N'est-ce pas important aussi ? Ce qui s'est passé entre nous est-il simplement ordinaire ?

— Non, ça n'a rien d'*ordinaire*, vous devez le savoir !

C'était ce qui lui avait semblé aussi… En d'autres circonstances, Zabrina aurait été heureuse d'entendre Roman reconnaître la puissante alchimie qui existait entre eux, mais son allusion à son expérience sexuelle ne lui avait pas échappé. Un sentiment d'injustice lui fit serrer les dents. La vie était souvent injuste envers les femmes. Dans sa position, il lui faudrait s'en accommoder en silence.

— Puisque nous nous entendons bien sur ce plan, pourquoi ne pas poursuivre le projet ? Je comprends votre contrariété, mais vous devez aussi comprendre mon point de vue. J'ai passé des années à me préparer à mon destin. Sans lui, j'aurais eu une vie totalement différente. Je ne veux pas rentrer à Albastase après avoir été éconduite. De votre côté, en cas de séparation, vous devrez chercher une autre épouse capable de vous donner un héritier, ce moyen crucial d'assurer la continuité de votre lignée. Une femme qui pourrait ne pas être à la hauteur de votre rigoureux processus de sélection.

Roman la regarda quelques secondes, d'un air très concentré.

— Voulez-vous dire que vous êtes prête à porter mes enfants ? demanda-t-il lentement.

Ce point était toujours évident pour Zabrina. Fonder une famille était l'un des objectifs d'une union royale, et elle rêvait d'avoir un jour ses propres enfants. Une pensée nostalgique pour ses sœurs et son frère lui vint soudain. Elle les aimait tant ! Ils allaient beaucoup lui manquer. Même si aborder ce sujet n'était pas convenable au cours d'une discussion en courtoise société, Roman avait posé la question. Un étrange sentiment lui réchauffa le cœur, totalement inattendu. De l'espoir ? Peut-être. Mieux valait ne rien en laisser paraître, toute marque d'intérêt ou, pis, d'enthousiasme pourrait l'effrayer.

— Cela a toujours fait partie du marché, n'est-ce pas ? demanda-t-elle avec une feinte indifférence. Nous pourrions faire de ce mariage une réussite, si nous le voulions. Nous n'avons pas de problème de communication, ce qui est un point en notre faveur. Discuter de sujets que d'autres trouveraient délicats ne nous gêne pas. Et aucun de nous ne croit à l'amour, seul le devoir nous motive. L'absence de rêves insensés nous protège des désillusions. Aussi, si vous acceptez, nous pourrions poursuivre notre voyage jusqu'à Petrogoria où je me préparerai à mon rôle de reine comme prévu.

Roman, qui était resté impassible pendant son discours, haussa les sourcils.

— Aussi simplement que ça ?

— Pourquoi pas ?

Il darda sur elle son regard gris acier, aussi tranchant qu'une épée.

— Vous avez tout planifié avec soin, n'est-ce pas, princesse ?

Zabrina aurait aimé qu'il cesse d'utiliser son titre de manière moqueuse pour s'adresser à elle.

— Disons que je m'efforce de tirer le meilleur parti d'une situation difficile.

— Et si je refuse ?

Roman avait beau avoir employé un ton suave, son regard dur n'en était pas moins réel. Loin de se laisser intimider, Zabrina haussa négligemment les épaules. Une autre aurait pu le menacer d'aller vendre ses confidences. La presse aurait payé une somme pharamineuse pour ce scoop juteux. Elle imaginait les gros titres des tabloïds !

Un respectable souverain se déguise en roturier dans le but de séduire une princesse vierge !

Pas elle. D'une part, une telle divulgation traînerait leurs deux noms dans la boue, et leur réputation en souffrirait à jamais. D'une autre, Roman le conquérant n'était pas homme à accepter le chantage.

— Je ne pense pas que vous allez refuser, déclara Zabrina avec calme, car ce mariage présente autant d'intérêt pour vous que pour moi.

7.

L'orchestre accueillit Zabrina avec l'hymne national de Petrogoria dans la gare somptueusement décorée et fleurie de Rosumunte. Roman et elle furent ensuite escortés jusqu'à une limousine décapotable qui partit aussitôt en direction du palais. Dans la douceur printanière, les gens se pressaient de chaque côté des rues, brandissant fleurs et drapeaux, acclamant leur roi.

Vêtue d'une robe en soie bleu pâle spécialement choisie pour l'occasion, Zabrina se tenait à la gauche de Roman. Impassible, il saluait ses fervents sujets de légers signes de main. Après une hésitation, elle l'imita d'un geste timide.

— Ciel, murmura-t-elle, c'est…

Roman tourna la tête.

Une brusque chaleur se diffusa aussitôt dans les veines de Zabrina. Roman était superbe. Son uniforme militaire solennel, loin de dissimuler la perfection de son corps qu'elle avait eu le loisir d'admirer nu, en accentuait au contraire la puissance. Sous l'effet du soleil éclatant, la visière de sa casquette projetait une ombre sur son beau visage énigmatique, et attirait l'attention sur sa mâchoire volontaire. Quant à sa posture si droite, elle faisait paraître ses épaules encore plus larges.

— C'est quoi ? demanda-t-il.

Consciente d'être observée, Zabrina lui adressa un léger sourire, celui que ses sujets devaient attendre. Elle n'était pas censée être perdue dans ses pensées en un moment pareil, ni se remémorer les sensations que faisait naître le contact de la cuisse de Roman frôlant la sienne. Elle était supposée répondre aux marques de respect. Ce qu'elle fit, levant la main en direction d'une fillette qui agitait frénétiquement les bras dans sa direction. Le sourire de l'enfant s'élargit aussitôt.

— C'est impressionnant. Je ne m'attendais pas à la présence de tous ces gens si enthousiastes.

— Vous êtes leur future reine. Il est normal qu'ils veuillent vous accueillir.

— Je sais, et j'apprécie. Simplement, j'ignorais l'effet que cela me ferait.

— Et quel est-il ? Vous vous sentez nerveuse ?

Zabrina resserra les mains autour du bouquet de muguet qui lui avait été offert à sa descente du train, terrifiée à l'idée que Roman ne remarque sa soudaine fébrilité. Elle s'était battue avec lui pour assurer sa position à ses côtés. Il eût été malvenu de lui laisser voir à présent son incertitude.

— La nervosité n'a aucune place dans la vie d'une princesse, m'a-t-on dit et répété.

— Et vous croyez tout ce que l'on vous dit, Zabrina ?

— J'imagine que oui, répondit-elle, ignorant délibérément son ton moqueur. Tous les enfants ne font-ils pas confiance aux adultes qui façonnent leur vision du monde ?

Roman émit un petit rire amer. Les deux rides qui encadraient sa bouche se firent plus profondes.

— Pas nécessairement. En tout cas, pas lorsqu'ils ont compris la futilité de leurs arguments.

— Est-ce ce qui vous est donc arrivé qui vous a fait croire une chose pareille ?

— Je ne m'appesantis pas sur le passé, princesse. Cela n'apporte rien.

Zabrina n'était pas de cet avis. Le passé éclairait le présent, et en savoir un minimum sur celui de Roman lui permettrait de commencer à le connaître. Mais ce n'était pas le moment de s'opposer à lui. Ses préoccupations immédiates étaient beaucoup plus terre à terre. Ils allaient arriver au palais et, comme cela se passait habituellement avec son père, une cohorte de conseillers et de collaborateurs entraîneraient Roman, la laissant seule dans un endroit peuplé d'étrangers.

— Comment allons-nous nous organiser sur place ? demanda-t-elle, la gorge soudain sèche.

— Exactement comme cela a été prévu. Vous aurez votre propre personnel : une secrétaire et diverses dames de compagnie pour répondre à tous vos besoins. Vous voudrez, j'imagine, découvrir Petrogoria pendant la période préparatoire au mariage afin de faire la connaissance de votre nouveau pays et de son peuple. Vous ferez certaines visites seule, je vous accompagnerai pour d'autres. Ensuite, une fois mariés, nous partirons pour une tournée en Grèce et dans le bassin méditerranéen.

Zabrina hocha la tête. Rien de surprenant jusque-là, mais puisqu'il semblait prêt à discuter, autant en profiter.

— Je pourrai faire venir mon cheval, m'a-t-on laissée espérer. Est-ce vrai ?

Comme Roman haussait les sourcils, elle ajouta très vite :

— Avant que vous m'annonciez que vous possédez les écuries les plus réputées de la région, je tiens à préciser un point : le plus bel étalon ne saurait remplacer celui auquel vous êtes habitué depuis sa naissance.

— N'ayez aucune inquiétude, vous pourrez avoir votre propre cheval ici. Je prendrai les dispositions nécessaires dès notre arrivée. Le but est que vous vous sentiez chez vous, Zabrina, ce n'est pas de vous isoler ou de vous contraindre. Tous nos efforts sont allés et iront toujours dans ce sens. Vous aurez vos propres appartements dans l'aile sud du palais, là où la vue est la plus belle. Vous avez dû entendre parler de nos jardins dont la beauté a inspiré à nos meilleurs poètes des œuvres remarquables, n'est-ce pas ?

— Bien sûr, répondit-elle, surprise par sa sollicitude.

Elle n'aurait jamais imaginé Roman féru de poésie et, trouvant cette idée un tantinet déstabilisante, se hâta d'ajouter :

— Qu'en est-il de vous ?

Une lueur moqueuse brilla dans les yeux de Roman.

— Pourriez-vous être plus précise, princesse ? Que voulez-vous savoir de moi ?

— Votre…

Une boule noua brusquement la gorge de Zabrina. Elle avala sa salive, mais la suite sortit dans un murmure.

— Est-ce que vos appartements sont proches des miens ?

— Pourquoi cette question ? Serait-ce là ce que vous espérez ?

— Bien sûr que non !

Zabrina maudit l'afflux soudain de sang sur ses joues, qui démentait sa réponse irritée.

— Selon la tradition, aucune intimité ne doit avoir lieu entre les futurs époux avant le mariage. J'ai donc décidé que nous ne reprendrions pas la nôtre avant d'avoir prononcé nos vœux. Je crains que jusque-là vous ne deviez vous contenter de son merveilleux souvenir.

— Quelqu'un est-il au courant ?

— Me demandez-vous si mon personnel sait que nous avons déjà couché ensemble ?

— Baissez la voix ! lâcha Zabrina dans un murmure. Comment comptez-vous expliquer votre présence dans le train ce matin alors que j'étais censée vous rencontrer pour la première fois à la gare ? La foule a manifesté sa stupéfaction en vous voyant sauter à terre puis me soulever dans vos bras pour me poser avec délicatesse sur le quai. Une réaction extravagante, si vous voulez mon avis.

Roman afficha un petit sourire. Au départ, il avait envisagé de faire arrêter le train peu avant l'entrée dans la capitale où un de ses écuyers lui aurait apporté son cheval afin de lui permettre de rejoindre la princesse de la manière prévue. Mais utiliser un nouveau subterfuge lui avait paru inutile. De plus, Zabrina aurait risqué de mal l'interpréter. Il avait donc changé son plan initial. Quelle importance s'il enfreignait les règles de temps à autre ? Il était le roi, que diable !

— J'ai déjà communiqué la version officielle de cette histoire à mes conseillers.

— Une *histoire* ?

— Ne prenez pas cet air offusqué, princesse.

Et, pour le simple plaisir de faire durer le suspense, Roman inclina la tête en un salut courtois à l'intention d'une femme âgée qui posait la main sur son cœur à son passage.

— La réalité n'est toujours qu'une interprétation des faits, reprit-il avec calme. La meilleure manière de protéger ma future épouse était d'assurer moi-même sa sécurité. Ils l'ont très bien compris.

— Bien entendu, une version chevaleresque. Parce que

les faits réels, c'est-à-dire vous venant en secret anéantir ma réputation, n'auraient probablement pas joué en votre faveur, n'est-ce pas, Roman ?

— C'est possible.

Un groupe de fillettes lança à cet instant une poignée de pétales de roses en direction de leur voiture. L'un d'eux vint se poser sur les cheveux de Zabrina. Roman résista à l'envie de le déloger ; il ne se faisait pas confiance au point de la toucher, ne serait-ce que du bout des doigts. Du moins pas encore, et surtout pas en public où le moindre de ses gestes était interprété. Sa frustration de sentir tout contrôle lui échapper en sa présence pourrait devenir évidente sur une photo prise sur le vif.

Rien ne se passait selon ses attentes. Puisqu'il avait pris la décision d'accepter le mariage, Roman avait espéré passer le reste de la nuit avec Zabrina, à explorer leur sensualité puisque leur mise au point n'avait en rien diminué leur attirance respective. Sa détermination à le convaincre de ne pas annuler leur union l'avait même excité. Il avait donc trouvé raisonnable de tirer davantage profit des circonstances qui les avaient conduits à cette première rencontre secrète avant de devoir faire chambre à part. Silviana aurait pu être congédiée jusqu'au matin, et la voiture serait devenue le théâtre de leur plaisir.

Zabrina avait toutefois eu un point de vue différent.

« Vous vous êtes amusé à mes dépens en prétendant être un garde du corps, alors continuez jusqu'au bout à vous comporter comme tel aux yeux des autres ! » s'était-elle exclamée avant de lui claquer la porte au nez – chose qui ne lui était encore jamais arrivée en trente-trois ans d'existence.

Roman avait donc passé le reste du trajet dans le couloir du train, posté devant la porte de la voiture de Zabrina. Cela avait été la nuit la plus longue de sa vie –

mis à part certaines pendant son passage dans l'armée de Petrogoria, ou celles qui avaient suivi le départ de sa mère. Et savoir Zabrina endormie à quelques mètres de lui n'avait pas facilité sa veille ! Au début, se remémorer leurs ébats avait été une distraction bienvenue. Très vite, cela s'était transformé en une torture auto-infligée. Il s'était demandé si elle dormait nue et avait aussitôt imaginé son corps menu aux courbes si féminines, ses jambes qui s'enroulaient autour de sa taille… La réaction ne s'était pas fait attendre. Il n'avait donc eu d'autre recours que de serrer les dents dans l'espoir d'éteindre son désir. Un garde qui effectuait sa ronde s'était inquiété, lui demandant s'il se sentait bien.

Évidemment qu'il ne se sentait pas bien ! À sa frustration s'ajoutait la colère d'avoir été floué par cette princesse rusée. Et il l'était encore. En partie seulement…

À ce point de ses réflexions, la voix de Zabrina le ramena à l'instant présent.

— Trouvez-vous toujours bonne l'idée d'avoir prétendu être une personne que vous n'étiez pas dans le seul but de découvrir qui j'étais ?

Roman réfléchit à la hâte. Avouer qu'il regrettait son initiative aurait soulagé sa tension. D'un autre côté, pendant les quelques heures qu'ils avaient passées ensemble, une caractéristique de leur relation était apparue, déterminante – et qui pourrait s'avérer rédemptrice. Selon les propos de Zabrina, aucun d'eux ne croyait en l'amour. L'absence de rêves insensés les protégeait des désillusions. Une totale franchise pourrait bénéficier à ce mariage arrangé davantage que des mots apaisants, lui donner une chance de survivre à un départ peu orthodoxe.

— La façon dont j'ai mis en application cette idée n'a peut-être pas été idéale, mais je ne regrette pas de vous avoir connue de cette manière. Si nous avions été présentés comme le veut la tradition, nous aurions dû nous contenter de conversations aussi vides que polies tout au long d'une cour guindée. Nous refuser les satisfactions physiques pendant la période précédant le mariage sera une mascarade frustrante, mais attisera certainement notre désir.

Il lui adressa alors un sourire complice avant d'ajouter :

— C'est sans doute la raison pour laquelle vous m'avez flanqué dehors sans ménagement, hier soir.

— Je l'ai fait pour éviter de vous frapper !

L'ébauche de sourire qui effleura les lèvres de Zabrina n'échappa pas à Roman.

— Pour être parfaitement honnête, découvrir que vous aviez une expérience physique certaine a presque été un soulagement.

— Vraiment ?

— Sans aucun doute. Les vierges sont affreusement compliquées.

— Sur quel plan ?

— Peu importe, le savoir ne vous intéresserait pas, vous déplairait même.

— Au contraire, Roman. Nous devons être francs l'un envers l'autre, alors ne cherchez pas à m'épargner : racontez-moi !

— Très bien, vous l'aurez voulu. Les vierges sont en quête constante de reconnaissance, et ont toujours besoin d'être rassurées. Elles ne semblent pas être conscientes que demander sans cesse à un homme s'il apprécie leurs initiatives a tendance à éteindre son désir.

— Je vois. Au moins, je sais, maintenant ! Merci d'avoir éclairé ma lanterne.

Zabrina serra les lèvres, mais Roman reconnut là sa manière de réprimer un sourire. Décidément, cette jeune femme le surprenait autant qu'elle l'amusait.

— Après ce tournant, vous allez voir apparaître le palais, avec en toile de fond les monts Liliachiun.

En proie à un subit accès de colère, Zabrina eut du mal à se concentrer sur la magnificence du château. Cet homme était d'une arrogance inqualifiable. Oser parler en ces termes des femmes innocentes qui lui avaient offert leur virginité était plus que grossier. Quel goujat ! Il les utilisait pour son bénéfice personnel, et avait l'audace de les juger pendant qu'il leur faisait l'amour.

Elle en avait le souffle coupé.

Or, elle allait devoir passer sa vie avec lui, et ce par sa propre faute, pour avoir réussi à le persuader de ne pas renoncer au mariage !

Malgré son indignation, entendre Roman évoquer ses précédentes expériences avait fait naître en Zabrina un accès de jalousie. Dieu merci, elle n'avait pas quêté son approbation !

Mais cela avait été inutile. Elle ne s'était posé aucune question. Tout s'était déroulé de manière naturelle, comme si leurs corps se connaissaient déjà, étaient en remarquable harmonie.

Comme un sourire lui effleurait les lèvres à ce souvenir, Zabrina se recomposa une expression neutre. Ce genre de pensées étaient dangereuses, pour ne pas dire fantaisistes. Si elle n'y prenait garde, elle allait bientôt imaginer une suite romanesque à cette délicieuse entorse à la tradition. Roman l'avait pourtant tacitement avertie : la réalité de chacun n'était qu'une interprétation personnelle des faits. Elle avait donc intérêt à se méfier de la sienne.

La foule massée de part et d'autre de l'avenue bordée d'arbres qui conduisait au palais acclama l'arrivée de leur voiture. Une cinquantaine de mètres plus loin, l'imposant portail du château s'ouvrit lentement.

— Comment trouvez-vous votre nouveau foyer ? demanda Roman.

Aucune des photos qu'avait vues Zabrina ne rendait pleinement justice à ce bâtiment, l'un des plus beaux spécimens mondiaux d'architecture impériale. La façade couleur crème aux fenêtres cintrées, flanquée de ses deux célèbres tours dorées, se détachait sur le fond verdoyant des monts Liliachiun, et deux imposantes colonnes finement sculptées encadraient la grande porte d'entrée. Sur le côté, elle aperçut les célèbres jardins conduisant au parc.

— C'est… superbe.

Zabrina regretta aussitôt sa franchise à la vue du sourire heureux de Roman, car elle n'était pas préparée à son impact. Il lui illuminait le visage, tel le soleil déchirant soudain les sombres nuages d'un ciel orageux. Il donnait accès à une facette de son moi profond soigneusement dissimulée sous son apparence sévère. En était-il conscient ? Sans doute, car une expression ironique lui durcit aussitôt les traits, gâchant cette vision inattendue.

— Vous pensez donc être capable de supporter votre vie de princesse consort ayant à sa disposition d'incalculables richesses ?

— Par cette question, vous me donnez l'impression de voir en moi une personne avide à l'extrême, lui fit remarquer Zabrina.

« Et vous me blessez », se retint-elle d'ajouter, car plus que l'afflux d'argent accompagnant leur union, c'était des sentiments qu'elle voulait. Hélas ! aucune émotion positive ne dérida le visage de Roman. Son regard ne trahissait plus que dureté.

— Pas avide, Zabrina, simplement réaliste. Nous avons tous deux accepté ce mariage pour les bénéfices qu'il nous apporte. Aussi, je trouve sage de le reconnaître. J'ai soigneusement lu le contrat prénuptial avant de le signer. Vous avez insisté pour y inclure une clause vous garantissant un revenu personnel.

Roman la regardait, sourcils levés, comme pour lui demander une explication. Zabrina avait une raison précise de vouloir cet argent, mais n'était pas prête à la partager avec lui. De toute manière, il ne la croirait pas. Sans compter que se poser en âme charitable aurait été du plus mauvais goût. Aussi, puisque visiblement ils ne se faisaient pas confiance, mieux valait en rester là. Il avait déjà une idée très arrêtée sur sa personnalité – et pas des plus flatteuses. Inutile de chercher à l'en faire changer.

— Votre avocat a ajouté une annexe à cette clause, lui fit-elle remarquer avec calme : je bénéficierai de ce revenu uniquement pendant la durée du mariage.

— Bien sûr. La laisser telle qu'elle était ne vous aurait pas motivée à vous investir dans notre union. Vous auriez pu décider d'y mettre fin une fois votre fortune assurée.

Roman prononça alors dans sa barbe quelques mots d'un ton dur.

Sans prendre le temps de réfléchir, Zabrina demanda :

— Venez-vous juste de dire : « comme ma mère » ?

Sa question dut toucher une corde sensible, car une expression féroce déforma le beau visage de Roman, le rendant presque méconnaissable. Dans la seconde suivante, ses traits avaient retrouvé leur impassibilité, comme s'il s'était souvenu de la présence des appareils photo braqués sur eux.

— J'avais oublié que vous parliez couramment le petrogorien. Je ferais bien de tenir ma langue à l'avenir.

Quoi qu'il en soit, trouvez-vous le moment approprié pour me piéger avec une telle question ?

Zabrina fut consciente de l'avoir blessé, ou en tout cas mis en colère, mais cela n'avait pas été son intention. Elle n'avait pas non plus cherché à le déstabiliser. Son seul but avait été de saisir cette occasion de mieux connaître l'homme qu'elle allait épouser.

— Écoutez, Roman…

— Concentrons-nous sur l'instant présent, l'interrompit-il, les lèvres bougeant à peine, probablement pour empêcher quiconque de lire dessus. Et souriez avec naturel. Nous sommes arrivés.

La voiture s'arrêta alors devant l'entrée où le personnel aligné les accueillit avec un concert d'applaudissements.

Roman descendit de voiture, puis tendit la main à Zabrina pour l'aider à en sortir. Le contact de ses doigts sur les siens suffit à la faire frissonner. Une sensation des plus délicieuses… Le regard qu'il lui adressa fut, en revanche, beaucoup moins agréable.

Ses yeux gris clair étaient devenus froids comme de la glace.

8.

Au lieu de profiter de la vue sur la roseraie, en contrebas, ou de goûter aux fruits qu'on venait de lui offrir, Zabrina ne pouvait détacher les yeux de Roman en train de manger de bon appétit ses œufs brouillés accompagnés d'un toast.

En une semaine, ses cheveux – à la coupe militaire lors de leur rencontre – avaient poussé. Les rayons du soleil matinal leur donnaient un éclat si brillant qu'elle eut envie de tendre la main pour les caresser. Il était séduisant à l'extrême dans sa chemise blanche dont le tissu tendu moulait les muscles de ses épaules comme une seconde peau…

Brusquement, il posa ses couverts, puis finit sa tasse de café avant de s'appuyer contre le dossier de sa chaise, un demi-sourire aux lèvres, et de la regarder fixement. Était-ce d'avoir surpris son regard empli de désir qui lui donnait cet air triomphant ?

— C'est le grand jour aujourd'hui, n'est-ce pas ? demanda-t-il.

Zabrina prit sa fourchette en argent, baissant les yeux vers l'énorme émeraude sertie de diamants de sa bague de fiançailles qui lui semblait encore trop lourde pour son doigt. Le seul « grand jour » dont tout le monde semblait ne pouvoir s'empêcher de parler était celui prévu pour leur mariage, trois semaines plus tard. Si Roman en avait avancé la date sans l'avertir, c'était une mauvaise plaisanterie car il restait encore des centaines de perles à broder sur sa robe de mariée traditionnelle et son voile.

— Je ne suis pas sûre de comprendre.

— Je parlais de l'arrivée de votre cheval.

— Je vois, répondit-elle tandis qu'un serviteur remplissait la tasse de Roman. Il s'appelle Midas.

— Tiens donc ! Vous lui avez donné le nom du roi qui a failli voir sa vie anéantie après avoir demandé que tout ce qu'il touchait se transforme en or ?

— Celui-là même, en effet

Il haussa un sourcil interrogateur.

— Peut-être faut-il voir dans cette histoire une allusion à la nôtre, Zabrina ?

— J'espère que non !

Un bref sourire releva le coin des lèvres de Roman. Il mit alors un morceau de sucre dans son café. Fascinée, Zabrina observa le mouvement de ses doigts qui tournaient la petite cuillère dans sa tasse, se demandant comment il réussissait à rendre sexy un geste aussi simple ! Sa lenteur était-elle délibérée ? Cherchait-il à la narguer, à lui rappeler que leur brûlante intimité du train était suspendue jusqu'à leur mariage ?

Au diable ses pensées inopportunes pendant un petit déjeuner ! Depuis leur arrivée à Petrogoria, ils prenaient ensemble le premier repas de la journée. Un moment dont le cadre peu formel témoignait de leur engagement officiel. L'anxiété qui la tourmentait la nuit, seule dans son grand lit à baldaquin, n'avait en revanche rien d'officiel !

Chaque matin, tout en mangeant, ils passaient en revue le programme de la journée préparé par leurs secrétaires respectifs. Leurs activités coïncidaient parfois, mais Zabrina préférait celles où Roman ne l'accompagnait pas, car sa présence représentait une distraction bien trop puissante.

Elle avait espéré le voir revenir sur sa décision de suspendre leur intimité. En vain. Au fil des jours, la manière dont il évitait ostensiblement le moindre contact l'avait poussée à se demander si cette distance signifiait qu'il avait des doutes sur l'issue de leur relation Et même s'il envisageait de la renvoyer. De dépit, elle s'était immergée dans ses nouvelles œuvres caritatives. C'était tout à la fois le moyen de s'occuper et celui de s'intégrer à la vie du palais.

Dès son arrivée, Zabrina s'était souvenue d'une réflexion de Roman. Ou plutôt de lui dans le rôle de Constantin, quand il lui parlait avec une franchise séduisante. Mais qui était-il au fond de lui ? Le garde du corps compréhensif et plein de compassion ou le roi froid et discipliné ?

Peu importait, il avait eu raison sur un point : le palais de Petrogoria était intimidant. En premier lieu par sa taille bien plus importante que Zabrina ne l'avait imaginée. Ce palais lui donnait l'impression d'avoir vécu jusque-là dans une maison de poupée. Et tout à l'intérieur était à la même échelle. Les pièces immenses que leurs meubles monumentaux rendaient plus impressionnantes encore auraient chacune pu contenir deux de leurs équivalents à Albastase. Les tableaux étaient dignes des salles d'un musée. Quant aux bibliothèques, elles auraient fait pâlir d'envie les plus grandes librairies. Les longs couloirs dallés de marbre blanc étaient interminables. Il était impossible de les emprunter sans rencontrer une multitude de serviteurs à la mine impassible qui effectuaient une révérence ou s'inclinaient sur son passage. Ici, pas de cuisinier amical ou de valet qui la connaisse depuis l'enfance et la traite sans le respect dû à son rang, ce qu'elle avait toujours trouvé réconfortant.

Roman avait décrit cette résidence comme un foyer, mais elle ne ressemblait en rien à son idée du sien !

La vie à Petrogoria était magnifiquement chorégraphiée autour de l'astre central : le roi. Tout était lié à lui. Il arrivait à Zabrina de se sentir comme une petite planète, terne et éloignée, en orbite autour de ce soleil éblouissant.

Roman et elles prenaient tous leurs repas ensemble. En plus du petit déjeuner pris dans un salon surplombant la roseraie, ils déjeunaient dans une salle à manger richement décorée de bleu et d'or, et dînaient dans une autre censée être de caractère intime, mais qui restait imposante avec son plafond aux moulures dorées et ses murs tendus de soie rose sombre. Rien à Rosumunte n'était décontracté. Peut-être parce qu'elle était encore considérée comme une invitée dans ce si célèbre palais. S'il s'agissait en revanche du protocole habituel, son existence en ce lieu allait s'avérer guindée, pesante…

Roman ne partageait aucun détail de sa vie avec elle, ni ne lui consacrait de temps en dehors de celui réservé aux fonctions officielles ou aux repas. Zabrina avait caressé l'espoir de le voir se décontracter – et pour être honnête, se laisser aller à un geste intime – lorsque le soir ils prenaient un digestif ensemble, face à la cheminée d'un salon privé. Hélas ! chaque fois, Roman s'asseyait dans un fauteuil éloigné du sien. Une fois son verre achevé, il se levait, et tous deux se retiraient dans leurs appartements respectifs. Que faisait-il de ses soirées ? Elle l'ignorait, mais avait compris, à travers quelques réflexions de Silviana, qu'il travaillait souvent jusqu'aux premières lueurs du jour.

En attendant, le roi de Petrogoria n'avait plus posé un doigt sur elle depuis l'épisode sensuel du train !

Alors, même si Zabrina s'immergeait dans ses nouvelles

occupations ou les préparatifs du mariage, et s'efforçait de voir dans l'attitude de Roman un simple respect des traditions, elle avait commencé à s'inquiéter. L'avait-elle offensé en le mettant à la porte de sa voiture alors que, leur mise au point terminée, il avait visiblement eu envie de poursuivre leurs ébats pendant toute la nuit ? Probablement. Sur le moment, elle s'était sentie si forte, si confiante en son pouvoir après l'union magique de leurs corps qu'elle s'était montrée dure. C'était pour lui reprocher de l'avoir piégée, mais aussi pour le punir d'avoir refusé de croire son innocence.

Quelle malchance que son acte de provocation se soit retourné contre elle puisqu'il l'avait prise au mot : il se comportait comme un garde du corps au sens littéral du terme ! Et en conservant une telle distance, il avait réussi à lui instiller une désagréable incertitude. Son bref et enivrant sentiment de pouvoir avait vite disparu. À présent, c'était Roman qui avait tous les atouts en main, qui possédait l'autorité absolue.

Aurait-elle blessé sa fierté si fortement qu'en réaction il ne la trouvait plus du tout attirante ? Cette soudaine pensée glaça Zabrina. En un éclair son estomac se noua, sa bouche s'assécha, son pouls s'emballa. Non ! C'était impossible. Roman la voulait toujours. Ses réactions en témoignaient. Lorsque par hasard elle le surprenait en train de la regarder, ses yeux le trahissaient, même si dans la seconde il se recomposait une mine impassible. Leur désir mutuel ne diminuait pas, il pétillait entre eux dès qu'ils se retrouvaient dans la même pièce, comme une flamme, brillante et vitale, mais cruellement éphémère.

— Alors sa robe est dorée, c'est ça ?

La voix de Roman ramena Zabrina à la réalité. Elle le fixa un instant, totalement prise au dépourvu, avant de recouvrer ses esprits.

— Vous parlez de Midas ?

— Il était le sujet de la conversation, si je ne me trompe.

Zabrina sentit ses joues s'empourprer. Roman la regardait, un petit sourire aux lèvres. Avait-il deviné ses préoccupations ? Elle espérait que non. Mais cet homme était trop perspicace pour ne pas avoir décelé son trouble. Il devait avoir l'habitude de voir les femmes fantasmer sur lui, s'imaginer au lit entre ses bras. En avoir fait l'expérience rendait encore plus difficile le fait d'en chasser le désir. Elle s'éclaircit la voix et s'efforça de se concentrer sur son cheval bien-aimé.

— Pas exactement, je le qualifierais plutôt de bai. Midas est un Akhal Téké. Je l'ai reçu en cadeau d'anniversaire. On m'a emmenée dans l'écurie, tôt le matin. Il était là, resplendissant. Le soleil jouait sur sa robe lumineuse. On aurait dit une statue.

Zabrina se tut brusquement, en proie à une vague de nostalgie inattendue. Que Roman ait montré de l'intérêt pour son cheval lui avait rappelé ce jour où un calme exceptionnel régnait au palais, parce que son père était rentré au sein de sa famille après sa dernière incartade en date. Sa mère était soulagée par ces intermèdes entre deux liaisons, leur vie reprenait un cours « normal ». C'était toujours l'occasion de publier une photo de famille unie. Son père en profitait pour se faire pardonner en se livrant à de folles dépenses. En conséquence, Zabrina s'était vu offrir un pur-sang avec un grand ruban rouge à l'encolure.

Le souvenir de l'extravagant gâteau d'anniversaire qui l'accompagnait la rendit soudain nauséeuse. Elle repoussa son assiette de fruits à peine entamée, chercha un sujet apte à dévier la conversation, puis changea d'avis. Roman semblait avoir laissé tomber sa garde et être d'humeur à discuter, autant en profiter pour lui poser les questions qui la taraudaient. Avec doigté bien sûr, car ce roi, comme un pur-sang de prix, exigeait d'être abordé avec précaution.

— Puis-je vous poser une question, Roman ?

Elle vit immédiatement son expression se teinter de méfiance.

— Oui. Je ne vous promets cependant pas d'y répondre.

— Avez-vous un projet particulier pour la forêt de Marengo après notre mariage ?

Roman recula dans son siège, le regard fixé sur les yeux verts ourlés de longs cils de Zabrina. Cette princesse le déroutait. Après l'avoir vue perdue dans ses pensées, il s'était attendu à l'entendre lui demander ce qu'étaient ses sentiments pour elle. Question redoutée entre toutes dans la mesure où lui-même l'ignorait tant ses attitudes lui semblaient contradictoires. Elle se comportait tantôt en femme expérimentée, tantôt avec innocence, parfois en enfant gâtée et à d'autres moments se montrait réfléchie, avait de touchantes attentions...

La personnalité complexe de Zabrina l'intriguait, ce qui le dérangeait, car cela donnait à leur relation un tour inattendu. Il s'était juré de ne jamais plus laisser une femme le déstabiliser, prendre du pouvoir sur ses pensées ou ses émotions. Raison pour laquelle il ne l'avait plus touchée depuis leur arrivée au palais, même si sa seule vue provoquait en lui un délicieux désir.

Aucune relation intime ne devait avoir lieu entre eux avant le mariage. Une suite avait donc été préparée pour elle, dans l'aile opposée à la sienne. Sa promise devait être vierge et le rester jusqu'au jour des noces. Zabrina s'étant révélée expérimentée, Roman aurait pu modifier le plan d'origine, mais il avait décidé de le respecter en dépit de sa frustration. L'attente avait du bon, elle rendrait les retrouvailles plus piquantes encore.

Zabrina d'Albastase avait réussi à faire tomber toutes ses défenses. Il avait succombé à son charme, perdu tout contrôle entre ses bras et découvert un paradis aussi terrifiant que délectable. En perdant toute maîtrise, réalisa brusquement Roman, il lui avait donné un ascendant sur lui, l'avait placée aux commandes. Il devait donc renverser la situation, reprendre le pouvoir, en prenant ses distances envers sa future épouse, quel qu'en soit le prix pour son propre équilibre.

Elle le désirait, il en était certain. Zabrina n'était pas une exception. Depuis sa puberté, Roman était conscient d'éveiller le désir des femmes. Ce qu'il ressentait pour celle-ci en revanche était totalement inhabituel : elle lui mettait les sens à feu et à sang ! Par moments, c'était si dur à supporter qu'il était tenté d'oublier toute prudence pour la serrer dans ses bras. La suite du rêve dépendait de son humeur. Parfois il s'imaginait la déshabiller avec une lenteur éprouvante ; d'autres fois, lui arracher sauvagement ses vêtements, la prendre sans ménagement et entendre ses cris de plaisir tandis qu'il l'emmenait au septième ciel. La nuit, seul dans son lit, il n'arrivait à penser à rien d'autre qu'à ses seins, si ronds, si fermes, à ses jambes fuselées autour de sa taille, à leurs corps enlacés…

Mais il n'allait certainement pas lui accorder la satisfaction de se savoir désirée à en perdre l'âme ! Il la ferait attendre même si la frustration le torturait. Il se montrerait de glace, retarderait leurs étreintes jusqu'au moment approprié, s'imposerait une redoutable épreuve d'abstinence. Zabrina viendrait à lui le soir de leur mariage impressionnée, voire humiliée par sa retenue, impatiente de goûter à nouveau au plaisir.

Pourtant, elle était si belle, assise devant lui, avec ses cheveux qui tombaient en boucles souples sur ses épaules, sa robe en soie d'un vert profond assorti à ses yeux, qui épousait de manière si séduisante sa poitrine, et son regard interrogateur, que Roman faillit en oublier sa décision. Mais il se ressaisit à temps.

— Bien entendu, déclara-t-il d'un ton calme, j'ai un projet en tête. Pourquoi croyez-vous que je me sois donné tant de mal pour l'obtenir ? Sans parler de la somme astronomique que j'ai dû débourser pour vous !

— J'espère la valoir à vos yeux, rétorqua Zabrina dont les joues venaient de se colorer.

Roman s'en voulut de son commentaire sarcastique, mais seulement l'espace d'une seconde. Après tout, ils étaient tous deux d'accord pour aborder la situation avec pragmatisme.

— Il s'agit d'un marché, Zabrina, ne l'oubliez pas. Je ne voulais pas de ce terrain dans le seul but d'y hisser à nouveau le drapeau petrogorien. C'est un endroit où la nature est encore sauvage, je compte en faire une destination d'écotourisme, et pour cela construire un aéroport afin d'en faciliter l'accès.

— Oh ! je vois, dit-elle du bout des lèvres en lissant sa serviette de table.

— Alors pourquoi cette mine abattue ? Le prix que j'en ai offert est grandement supérieur à celui du marché, vous devez en être consciente.

— Bien sûr, je ne le conteste pas.

— Quel est le problème alors ?

— Peu importe, cela ne vous intéresserait pas.

— Pourquoi ne pas m'en laisser juger par moi-même ? En fait, j'aimerais savoir pour quelle raison vous semblez subitement porter le poids du monde sur vos épaules.

Prise au piège du regard scrutateur de Roman, Zabrina hésita. Il paraissait sincère. Or, même si leur mariage était arrangé, ils allaient vivre ensemble. Toute illusion de bonheur parfait mise à part, rien ne les empêchait de se confier l'un à l'autre au lieu de garder leurs problèmes pour eux-mêmes. Et il serait bon d'avoir une personne à qui parler, une personne qui l'écouterait, à l'inverse de sa mère si obnubilée par les convenances qu'elle coupait court à toute tentative de sa fille de lui exprimer ses craintes.

— Puisque vous tenez à le savoir, j'admire vos plans ambitieux pour la forêt de Marengo. Cette région a été trop longtemps négligée.

— J'apprécie, mais ce n'est pas tout, j'en suis certain. Alors dites-moi ce qui vous tracasse.

— Je suis déçue que personne dans mon pays n'y ait pensé avant vous.

— Peut-être que quelqu'un y a pensé, mais qu'il manquait les fonds nécessaires à sa réalisation. Les finances, Zabrina, sont souvent l'entrave essentielle à l'accomplissement de projets.

— Je sais. La somme que vous déboursez pour ce terrain – et pour moi – me préoccupe aussi, je l'avoue.

— Vous la trouvez insuffisante ?

— Loin de moi une telle idée ! protesta-t-elle. Cette somme est extrêmement généreuse. Je suis plus inquiète de savoir ce qu'elle deviendra une fois arrivée entre les mains de mon père.

— Il pourrait la dépenser avec sagesse, s'assurer qu'elle est investie dans son pays, dans de nouvelles infrastructures, par exemple.

Zabrina aurait aimé y croire. Tous ceux qui connaissaient Albastase constataient la détérioration progressive du pays. Peu en revanche connaissaient l'incapacité du roi à gérer les finances. Par moments, elle aurait souhaité que cet argent puisse éviter les coffres du palais pour passer directement sous le contrôle du gouvernement. Son père n'aurait alors pas la possibilité de le dilapider. Hélas ! elle pouvait difficilement dénoncer ses agissements.

— Je l'espère.

— Vous ne semblez pas convaincue.

Roman avait donc perçu son manque d'enthousiasme... Surprenant, car il ne lui avait pas paru sensible à la nuance. Elle ne s'était d'ailleurs pas non plus attendue à son soudain et sincère intérêt.

Zabrina sentit sa gorge se serrer. C'était un secret si lourd à porter ! Discuter avec sa mère était inenvisageable, car celle-ci ne voulait ni ne pouvait agir ; ses sœurs étaient trop jeunes ; quant à son frère, il avait déjà assez de mal de mal à accepter l'idée d'être un jour à la tête du pays pour qu'elle aggrave ses soucis. Ils agissaient comme les membres de la famille d'un alcoolique : ils ignoraient le problème en espérant que cela le ferait disparaître. Prise du besoin de se confier, elle murmura :

— Mon père peut parfois être... extravagant.

— C'est l'un des avantages d'être roi.

Mais ayant commencé à parler, Zabrina ne put garder ses peurs secrètes plus longtemps.

— Non. Dans son cas, c'est plus grave que d'accumuler les voitures de luxe ou d'entretenir une écurie de chevaux de course.

— Je suis heureux de l'entendre, répondit Roman sèchement, car j'aurais alors aussi été l'objet de votre désapprobation.

Zabrina s'impatienta.

— Cela dépasse ce genre d'extravagance. Mon père est entouré d'une batterie de conseillers stupides, et le problème est qu'il les écoute. Ils le poussent régulièrement à investir dans les projets d'entreprises appartenant à leurs amis, ce qui se termine toujours mal.

— Alors pourquoi s'entête-t-il à suivre leurs avis ? Répéter les mêmes erreurs est absurde, et qui plus est signe d'inconscience.

— Il le fait, car il se croit infaillible. Quand l'inévitable échec se produit, il cherche à se rassurer, à retrouver sa fierté, à se sentir intelligent. Il a alors recours à l'éternelle recette, si chère aux hommes, qui consiste à stimuler leur ego.

Avoir avoué la vérité à celui qu'elle était sur le point d'épouser était peut-être de la folie douce – et Zabrina en éprouvait une certaine culpabilité –, mais cela lui procura un grand soulagement.

— Et vous êtes inquiète de voir votre pays se dégrader progressivement ?

— Bien sûr, et plus encore de savoir qu'il risque d'être totalement ruiné le jour où Alexandru en héritera. Mon frère est un jeune homme très sensible, déjà peu désireux d'assumer son futur rôle, alors si en plus il doit prendre les rênes d'un état criblé de dettes, je n'ose imaginer son désarroi !

Zabrina termina ses aveux les lèvres tremblantes d'avoir exprimé ses craintes si longtemps refoulées. Anxieuse des possibles répercussions, elle scruta le visage de Roman en quête d'un jugement muet, mais il affichait son habituelle impassibilité.

Il fit alors signe au serviteur de leur servir un autre café, puis le pria de les laisser. Leur petit déjeuner allait donc se poursuivre au-delà du temps réglementaire… Cela était surprenant, car d'ordinaire Roman respectait scrupuleusement les horaires de leurs repas, et s'assurait de la présence d'une tierce personne faisant office de chaperon. À croire qu'il redoutait d'être seul en sa compagnie !

— Je comprends vos inquiétudes, déclara-t-il une fois le serviteur parti. Cela dit, un point que vous avez évoqué a suscité ma curiosité. Quelle est l'éternelle manière de stimuler leur ego si chère aux hommes dont vous parlez ?

Aborder ce sujet était probablement inévitable un jour ou l'autre. Zabrina n'avait cependant pas pensé le faire si tôt, ni au saut du lit autour d'une tasse de café. Mais Roman était un homme, roi de surcroît, et donc enclin à se comporter comme les autres, alors autant mettre les choses au point puisque l'occasion s'en présentait, même si elle était surprise qu'il ait besoin d'une précision.

— Les liaisons, répondit-elle en toute franchise. Mon père les collectionne.

9.

Stupéfait du calme avec lequel Zabrina acceptait les relations extraconjugales de son père, Roman voulut comprendre.

— Pourriez-vous m'expliquer précisément ce qu'il en est ? À vous entendre, j'ai l'impression qu'il s'agit d'un comportement récurrent.

Elle haussa les épaules avec désinvolture, mais il eut le temps de voir passer une lueur d'appréhension dans son regard.

— C'en est un. Ses aventures arrivent en général à la suite d'un investissement désastreux. Il perd une énorme somme, se promet de ne plus recommencer, mais il culpabilise, j'imagine, et éprouve le besoin de se changer les idées, de trouver un soulagement immédiat. Les femmes sont le remède idéal, elles comblent le vide émotionnel consécutif à un choc, comme l'alcool ou la nourriture avec en plus l'avantage d'offrir une séduisante compagnie, de rassurer un homme sur sa virilité et de lui apporter un regain de jeunesse. En outre, dans sa position il jouit d'une totale impunité. Ça lui est donc plus facile qu'aux autres, même s'ils en font autant.

— N'êtes-vous pas en train de généraliser ?

Zabrina laissa échapper un petit rire sarcastique.

— Mes commentaires sont fondés sur mes observations, Roman.

— L'observation de votre père, vous voulez dire ?

— Pas uniquement. Les sœurs de ma mère sont des princesses, toutes mariées à des monarques. Chacun de leurs époux s'est « égaré » selon le terme courtois.

— Votre mère accepte cette situation ?

— Elle n'a guère le choix : s'opposer à l'inévitable est une perte de temps et d'énergie. « Les maris reviennent toujours au bercail, m'a-t-elle dit, surtout s'ils y reçoivent un accueil dénué de jugement, et d'autant plus quand il y a des enfants en jeu. »

Un frisson glacial déferla sur Roman. L'ombre ineffaçable de son enfance se rappelait à lui. S'efforçant de n'en rien laisser paraître, il demanda d'un ton délibérément nonchalant :

— Les femmes s'égarent aussi ?

Zabrina le regarda d'un air stupéfait.

— Non, voyons ! Ni ma mère ni mes tantes en tout cas.

— Pourquoi ?

— Parce que ce sont des femmes ! Les hommes sont différents.

Roman ne sut dire si sa question l'avait vraiment choquée ou si elle avait d'exceptionnels talents d'actrice.

— Vous voulez dire autrement qu'au plan anatomique ? demanda-t-il pour la provoquer.

À son grand plaisir, une charmante rougeur colora les joues de Zabrina, qui lui lança en retour un regard noir.

— Votre humour ne m'amuse pas ! Cette différence a une explication biologique, selon ma mère. Elle répond à un besoin de la nature : les partenaires multiples permettent aux hommes d'assurer la continuité de la race. Bref, sans aller jusqu'à prôner l'adultère, je la dirais compréhensive.

— Vos vues libérales sur la fidélité vont-elles s'appliquer à notre mariage ?

Zabrina marqua une pause. Étant donné son expérience, elle avait dû y réfléchir, et voulait probablement ménager son effet.

— Nous nous marions par devoir et n'avons aucune attente irréaliste sur ce point. Les hommes se lassent d'une femme après un certain temps d'intimité ; aller voir ailleurs les excite.

— Qui diable vous a dit ça ?

— Ma mère, qui est une personne très pragmatique.

Roman trouva cette vue plus désabusée que pragmatique, mais se garda de le lui dire.

— Je vois.

— L'important à mes yeux est d'offrir une base stable à la famille que nous espérons tous deux fonder.

— C'est déjà quelque chose, répondit-il calmement.

Zabrina dut sentir son cynisme, car elle lui lança un regard inquiet.

— Vous voulez bien une famille, n'est-ce pas ? Nous avons effleuré le sujet dans le train, sans…

— Nous avons pratiqué beaucoup d'effleurements dans le train, Zabrina.

— Vous trouvez ça drôle ?

— Pas vous ?

— Non ! rétorqua-t-elle d'un ton amer. J'aimerais pouvoir oublier ce voyage.

— Et moi donc !

Roman se rendit compte avoir parlé avec plus de dureté qu'il n'en avait eu l'intention. Il vit Zabrina déglutir, puis se mordre la lèvre comme si elle cherchait une réponse adéquate. Conscient de l'avoir blessée, il poursuivit avec une empathie qui le surprit :

— Ne vous inquiétez pas, nous n'avons pas besoin d'en parler maintenant.

— Au contraire, mieux vaut mettre d'emblée les choses au clair. Tout ce que je vous demande c'est d'être discret, pendant et après les aventures que vous pourriez avoir. Je préférerais les ignorer.

— C'est extraordinaire..., murmura-t-il en se passant une main dans les cheveux – qui, Dieu merci, commençaient à repousser. Si j'ai bien compris, vous me donnez carte blanche pour vous être infidèle, c'est ça ?

Zabrina ne répondit rien. Son regard était fixé sur le mouvement de ses doigts. Roman se souvint aussitôt de ses mains lui serrant la tête au moment où elle avait joui en criant dans sa langue. Y pensait-elle ? En proie à une soudaine poussée de désir, il se rapprocha de la table dans le but d'en dissimuler l'évidence. Comment réagiraient les autres hommes en entendant que leur future épouse était prête à fermer les yeux sur leurs incartades ? Lui en tout cas n'en éprouvait ni sentiment de liberté ni impatience excitante. Il était plutôt indigné, sentait même une colère sous-jacente.

— Pourquoi, Zabrina ? Parce que vous avez l'intention de prendre des amants et espérez me voir compréhensif en retour ?

— Bien sûr que non ! En vérité, je n'imagine pas une seconde désirer un autre homme que vous.

De surprise, Roman se renfonça dans son fauteuil. Cette déclaration, déjà entendue dans la bouche d'autres femmes et qui d'ordinaire l'irritait, lui procura cette fois un extrême plaisir. Sa franchise candide était si délicieuse qu'il put simplement murmurer :

— Je vois.

— Je préférerais bien sûr que vous soyez monogame,

car j'ai trop vu les dégâts causés par l'infidélité dans un couple.

Zabrina prit alors un morceau de croissant, et l'approcha de sa bouche. Semblant soudain changer d'avis, elle le reposa, puis regarda Roman droit dans les yeux et déclara :

— Je vous ai parlé de mes parents, mais vous ne m'avez rien dit des vôtres.

En un éclair, Roman fut sur la défensive. Il n'abordait ce sujet avec personne. Sa gorge se serra sous l'effet d'une peine toujours aussi intense.

— Il n'y a pas grand-chose à dire. Leur situation est de notoriété publique, vous la connaissez certainement déjà. Ma mère est partie lorsque j'avais trois ans. Je ne l'ai jamais revue. Mon père ne s'est jamais remarié.

— Mais…

— Mais quoi ? l'interrompit-il avec froideur. Ce sont des faits, Zabrina. Je n'ai jamais éprouvé le besoin de les analyser et ne compte pas commencer maintenant.

Il but une gorgée de café avant de poursuivre.

— Et puisque nous discutons en toute franchise, il y a un autre point que je souhaiterais aborder : le divorce. Il serait bon de connaître nos opinions respectives sur ce sujet, n'est-ce pas ?

Zabrina se crispa comme sous l'effet d'une pluie de fléchettes, se sentant soudain vulnérable, en proie à une insoutenable insécurité. Avait-elle vraiment cru que se montrer compréhensive sur le sujet de la fidélité allait inciter Roman à la vouloir pour épouse à vie ? Oui. Elle l'avait espéré en tout cas car, même s'il avait le don de la déstabiliser, elle avait l'étrange impression qu'il était capable de la protéger des vicissitudes du monde. Avec lui à ses côtés, rien de mauvais ne pouvait lui arriver.

Cette sensation était certes irrationnelle, mais fermement ancrée dans toutes les fibres de son corps. Alors, d'où venait-elle ? Zabrina l'ignorait, tout comme elle ignorait pourquoi ses sentiments pour son futur époux s'étaient adoucis. Leur rencontre passionnée, bien qu'extraordinaire, n'était pas la seule raison puisqu'il l'avait blessée dans les minutes suivantes. C'était probablement plus en rapport avec son comportement ultérieur. Lorsqu'ils discutaient pendant les repas, Roman semblait parfois aussi compréhensif que Constantin, lui parlait comme à une égale, manifestait de l'intérêt pour son opinion. Or, aucun homme n'avait fait cela auparavant.

Zabrina préférait toutefois ne pas se laisser leurrer par ces moments presque complices. Roman n'éprouvait pas le moindre sentiment pour elle. La preuve en était qu'il trouvait pertinent d'évoquer leur éventuel divorce avant même de l'avoir épousée. C'était prosaïque, mais les temps avaient changé, et les ruptures conjugales affectaient aujourd'hui de nombreuses familles royales. Une de ses tantes en avait fait les frais, un crève-cœur amplifié par la notoriété, selon elle. C'était peut-être ce qui avait poussé sa mère à supporter les frasques de son mari.

— Je ne sais pas ce qu'il en est pour vous, répondit-elle enfin, mais je préférerais éviter un divorce, en particulier si nous avons des enfants. Évidemment, si les circonstances changeaient, je devrais réviser cette opinion.

— Que voulez-vous dire ?

La gorge soudain serrée, Zabrina s'efforça de parler calmement.

— Si vous rencontriez une femme dont vous tombiez amoureux, je ne m'opposerais pas à une séparation.

Roman resta imperturbable.

— Vous êtes extrêmement compréhensive, Zabrina. Je n'imaginais pas épouser une femme aussi libérale.

— Vous préféreriez me voir vous lacérer le visage de mes ongles ?

— Si vous voulez entendre la vérité, en cet instant je préférerais vous prendre dans mes bras.

Roman repoussa alors son fauteuil puis, les yeux rivés dans les siens, contourna la table d'un pas souple. Sous l'intensité de son regard, le pouls de Zabrina s'accéléra, une onde douce naquit au cœur de son intimité, et ses seins se tendirent. Elle n'eut plus qu'une envie, sentir à nouveau ses mains sur sa peau, son corps contre le sien. Comme ses joues s'enflammaient, il sourit, lui prit la main et l'attira à lui.

Tout à la fois effrayée et excitée, Zabrina se rendit compte que, pour la première fois depuis leur arrivée à Rosumunte, ils étaient seuls, sans serviteur pour les chaperonner. Dans un sursaut de lucidité, elle tenta de s'opposer à ce jeu insensé de pouvoir sensuel.

— Roman…

— Assez discuté, murmura-t-il d'une voix rauque, contentez-vous de m'embrasser.

Toute idée de rébellion évanouie, Zabrina lui tendit les lèvres. La seconde suivante, elle répondait avec passion à son baiser tandis que d'une main dans ses cheveux il la maintenait, et que de l'autre il titillait le bout de ses seins tendus. Les sens en ébullition, elle gémit en s'accrochant à ses épaules. Roman approfondit son baiser, puis lui saisit les fesses et la pressa contre lui. Au contact de son érection sur son ventre, elle frémit.

— Doux Jésus, laissa-t-il échapper en un râle, comment diable arrivez-vous à me mettre dans un tel état ?

Et sans attendre sa réponse, il la souleva et la plaqua contre le mur le plus proche. Tout en l'embrassant avec ardeur, il fit remonter la main sous sa robe. Alors qu'il atteignait le bord de son slip – fine barrière que Zabrina, émoustillée par son pouvoir sur lui, désirait tant lui voir franchir –, Roman demanda d'un ton dur qu'elle ne lui avait encore jamais entendu :

— Savez-vous à quel point je veux vous prendre, princesse ?

En un éclair, le grisant sentiment de puissance de Zabrina disparut. Comme dans le train sous une fausse identité, il ne voulait pas lui faire l'amour, il voulait coucher avec elle, la « prendre ». Non content de la considérer comme une femme facile, il avait en plus essayé de la rejeter !

C'est alors que la dure réalité la frappa. Que ce soit sous les traits de Roman ou sous ceux de Constantin, cet homme s'amusait d'elle, l'utilisait pour son seul plaisir. Or, elle n'était pas prête à n'être qu'un jouet entre ses mains.

Zabrina fit un pas sur le côté. Plus la distance entre eux était grande, moins elle serait tentée de lui céder. Un regard cependant suffit à amplifier son irritation : Roman était aussi impassible que s'il avait été interrompu dans une activité banale. Tout au plus crut-elle percevoir une fugitive lueur de surprise dans son regard clair.

— Laissez-moi !

— Si vous le désirez, je vais vous obéir, mais vous n'allez tout de même pas nier avoir apprécié mes attentions, n'est-ce pas ?

Son ton doux teinté de défi faillit avoir raison de la volonté de Zabrina. Elle ne pouvait rien nier, Roman le savait. Elle, en revanche, ne savait plus ce qu'elle voulait. Des larmes de dépit lui brûlèrent les yeux.

Elle aurait aimé pouvoir s'enfuir du salon, mais en même temps souhaitait qu'il la retienne et lui offre du plaisir. Céder aux désirs de ce roi tout-puissant était cependant hors de question. Pendant toute la semaine, il l'avait traitée avec la politesse distante réservée à une étrangère de passage, sans la moindre marque d'affection due à une future épouse. Était-ce un jeu ? Espérait-il, en la maintenant dans l'expectative, briser sa volonté et la forcer à lui obéir chaque fois qu'il aurait envie d'elle ? C'était possible. Elle en tout cas était décidée à assurer la réussite de ce mariage arrangé. Cela passait par quelques concessions, mais aussi par la capacité à faire preuve d'une certaine autorité.

— Je les ai appréciées, vous le savez. Toutefois, nous connaissons tous deux les règles. Aucun rapport intime avant d'être officiellement mari et femme.

— Les enfreindre n'a pas semblé vous déranger dans le train, Zabrina.

— J'étais inquiète, troublée… Bref, je n'étais pas en possession de tous mes moyens ce soir-là, et vous en avez profité. Nous avons eu la chance de ne pas être surpris, il pourrait en être autrement ici. Sur ce, si vous voulez bien m'excuser, je dois aller vérifier que tout est en ordre dans les écuries pour l'arrivée de Midas avant de rejoindre la couturière pour un essayage.

— À votre guise.

Il la toisa, comme s'il savait parfaitement que son calme affiché dissimulait un désir ardent, puis lança d'un ton nonchalant :

— Au fait, je vais m'absenter quelques jours.

Zabrina sentit brusquement son cœur se serrer. Il allait partir seul, la laisser livrée à elle-même dans ce palais étranger ?

— Où allez-vous ?

— Dans la forêt de Marengo. Un simple aller-retour afin de discuter avec les architectes et le chef de chantier. Je souhaite voir la construction de l'aéroport commencer immédiatement après la célébration de notre mariage.

Bien sûr, seule sa nouvelle acquisition l'intéressait !

C'était l'unique raison qui le poussait à lui passer la bague au doigt. L'épisode passionné du train l'avait peut-être troublé, mais pas au point de l'obséder, contrairement à elle. Il n'en avait pas analysé chaque instant, chaque geste, sourire ou parole à la recherche de signes qui n'existaient pas.

Zabrina devait donc se montrer détachée, faire preuve d'indépendance.

— Dans ce cas, je vous verrai à votre retour. Je vous souhaite un bon voyage.

Comme Roman s'éloignait, Zabrina retint une envie puérile de lui rappeler les règles de préséance : on ne prenait pas congé d'une femme de façon aussi cavalière !

Mais, la main déjà sur poignée de la porte, il se retourna :

— J'allais oublier. Vous trouverez un bijou dans votre chambre.

— Quel genre de bijou ?

— Un simple collier. Je pensais que vous pourriez le porter samedi, au bal du palais.

10.

Le « simple » collier dont avait parlé Roman se révéla être non pas un discret bijou ancien de la collection familiale auquel Zabrina s'était attendue, mais une éblouissante cascade d'émeraudes serties de diamants, aussi lourde qu'imposante. Un accessoire probablement plus approprié à son statut de future reine qu'à sa personnalité, mais dont les gemmes étaient assorties au vert chatoyant de sa robe de bal.

Au moment de se préparer pour la soirée, Zabrina n'éprouva pas la panique qu'elle avait imaginée. En se glissant dans sa robe fourreau soyeuse, elle sentit une douce excitation la gagner. Elle allait enfin revoir Roman et… s'apprêtait pour lui ! Cette pensée la surprit mais, force lui fut de l'admettre, elle espéra qu'il allait aimer sa tenue.

Une soudaine anxiété la saisit cependant à son arrivée devant l'entrée de la salle de bal. Roman l'y attendait, superbe dans un smoking dont la coupe mettait en valeur son corps parfait. Ils n'eurent pas la possibilité de discuter, car un premier couple se présenta, suivi presque aussitôt du reste des invités. Voir ce défilé de femmes superbes dans leurs plus beaux atours ne fit rien pour rassurer Zabrina. Tous étaient venus découvrir leur future souveraine, l'examiner, l'évaluer.

Par chance, elle réussit à garder le sourire, à trouver un mot aimable pour chacun. Le Premier ministre fut même impressionné de l'entendre citer un des anciens poètes de Petrogoria.

Dans la salle de bal, somptueusement décorée de milliers de roses blanches odorantes, chaque table était munie de délicats bougeoirs en argent qui dispensaient une lumière douce. La leur, placée près de la piste de danse, accueillait les invités les plus importants. Le repas, un délicieux dîner dégustation de sept plats parut interminable à Zabrina qui se trouvait placée entre un ministre et un ambassadeur tandis que, face à elle, Roman était entouré de leurs femmes.

Le café servit, l'orchestre s'installa. Roman vint s'incliner devant elle, lui prit la main puis l'entraîna sur la piste pour l'ouverture du bal. Un délicieux frisson parcourut la peau de Zabrina lorsqu'il lui passa un bras autour de la taille. C'était si bon d'être à nouveau proche de lui, de sentir son corps onduler contre le sien ! Elle bénit l'intimité qu'autorisait la danse, tout en s'efforçant de dissimuler son trouble. Décidément, ce séduisant prince lui avait manqué beaucoup plus qu'elle ne l'aurait imaginé ! D'autant qu'entre les présentations et le dîner ils avaient à peine pu échanger quelques mots.

— Quand êtes-vous rentré ?

— Ce matin.

Et il n'était même pas venu la saluer, ou la rejoindre pour déjeuner ! Plutôt que d'assaillir Roman de questions risquant de l'indisposer – et de la faire passer pour une femme soupçonneuse ou exigeante –, Zabrina préféra adopter le rôle de la partenaire conciliante et indépendante.

— J'ai passé la plus grande partie de la journée avec Midas, déclara-t-elle d'un ton léger.

— Je sais, car je suis descendu aux écuries pour vous voir.

Stupéfaite, Zabrina leva les yeux vers lui.

— Et vous n'êtes pas venu me dire bonjour ?

— Vous aviez l'air préoccupée, je n'ai pas voulu vous déranger. Du coup je vous ai regardée évoluer, ce qui m'a... diverti. Vous êtes très bonne cavalière.

Apprendre que Roman l'avait observée sans se montrer gêna Zabrina, qui se demanda aussitôt ce qu'il avait bien pu voir de si divertissant.

— Comment s'est passé votre voyage ?

— Très bien, répondit-il avant d'ajouter : Vous ne m'aviez pas dit que votre palefrenier devait accompagner votre cheval à Petrogoria.

— Parce que je l'ignorais.

— Vraiment ?

— En fait, Stefan devait simplement voyager avec lui, mais quand j'ai vu à quel point le changement avait perturbé Midas, je lui ai demandé de rester pour l'aider à s'acclimater. Il s'occupe de lui depuis son arrivée à Albastase et le connaît mieux que quiconque. Cela m'a paru raisonnable.

— Je comprends, répondit Roman, imperturbable, tout en la faisant tourner sous son bras.

Ses mèches virevoltèrent autour de son visage, et la soie de son fourreau épousa davantage la ligne de ses hanches sous l'effet du mouvement. Elle était ravissante, posée, la parfaite princesse, surtout avec ce bijou inestimable scintillant contre sa peau dorée. Mais quel contraste avec la jeune femme insouciante qu'il avait vue plus tôt, enfourchant son pur-sang avant de le pousser au galop ! À un moment, elle avait renversé la tête en arrière et ri à une réflexion du palefrenier. Roman avait aussitôt senti une flèche lui transpercer le cœur. Cette réaction violente s'était muée en un étrange malaise qui persistait depuis.

Était-ce de la jalousie ?

Non. C'était impossible. Il n'avait jamais éprouvé un tel sentiment. De toute manière, si tel était le cas, il ne pourrait s'en prendre qu'à lui-même. Alors qu'elle n'était pas le style de princesse qu'il s'était imaginé épouser, Zabrina avait réussi à le convaincre de maintenir leur mariage. Dieu merci, leur union était l'équivalent d'un contrat commercial où aucun sentiment n'entrait en ligne de compte, tous deux le savaient. De plus, elle était prête à fermer les yeux au cas où, à l'instar de nombreux rois, il chercherait du réconfort auprès d'une autre femme. En conséquence, et en dépit de ses protestations, il pouvait s'attendre à la voir en faire autant.

Envisager Zabrina entre les bras d'un autre homme éveilla aussitôt en Roman un intense accès de possessivité doublé d'une sourde angoisse. Il serra les dents. Surtout ne rien trahir de ses soucis… Son père l'avait prévenu très jeune – le matin du départ de sa mère, en fait. Il était préférable de ne pas mêler mariage royal et sentiments.

Une leçon de survie inestimable.

— Voulez-vous que je demande à mon palefrenier de partir ? demanda soudain Zabrina.

Roman ramena son regard sur elle, s'armant contre la vue de ses yeux au vert lumineux, et s'en voulant de la trouver si envoûtante.

— Il ne s'agit pas de ce que je veux, Zabrina. Ce palais est censé être votre foyer, pas une prison. Si vous souhaitez qu'il reste, c'est votre droit.

Comme la musique s'arrêtait, le Premier ministre s'approcha pour solliciter la danse suivante. Zabrina accepta. Elle aurait préféré rester avec Roman, lui demander pourquoi il lui avait répondu d'un ton aussi froid, presque sarcastique, mais se doutait qu'il n'apprécierait pas de se voir questionné. De plus, chercher à évaluer son humeur et modifier son comportement en conséquence, créerait un précédent. Petit à petit elle quêterait son approbation de plus en plus souvent, deviendrait dépendante d'un homme qui ne la respecterait plus et la considérait déjà comme un moyen d'arriver à ses fins. Leur mariage se résumait à une transaction, mais en restant fidèle à sa personnalité elle arriverait peut-être à créer entre eux une communion d'esprit… et de corps.

La soirée se poursuivit. Zabrina s'efforça de se comporter avec la grâce d'une future souveraine. Elle dansa avec ceux qui le lui proposaient, et discuta avec des femmes gérant différentes œuvres caritatives de Petrogoria, sans oublier de les complimenter sur leurs tenues ou bijoux. Sa mère aurait été fière d'elle. La seule ombre au tableau était Roman : il ne l'invita plus et se montra aussi distant et froid que la politesse le permettait.

À minuit, ils quittèrent la salle de bal, ensemble, sous les applaudissements des invités. Une fois seule avec lui, Zabrina rassembla son courage. Leur conversation sur la piste de danse ayant pris fin avec une réflexion désabusée, voire agressive, elle souhaitait terminer la soirée sur une note plus gaie ou au moins plus courtoise.

— Que diriez-vous de prendre un dernier verre ensemble, Roman ?

Un éclair presque horrifié passa dans son regard, comme si elle venait de lui faire une proposition indécente, puis laissa place à une expression sérieuse.

— C'est hélas ! impossible. Un dossier important m'attend.

Il souleva alors la main de Zabrina et en effleura le dessus du bout des lèvres avant d'ajouter :

— Je vous verrai au petit déjeuner.

— Dans ce cas, bonne nuit, Roman.

Il se contenta d'un hochement de tête pour toute réponse, et Zabrina rejoignit sa chambre.

— Voulez-vous que je vous fasse couler un bain, Votre Altesse ? demanda Silviana dès son arrivée.

— Non, je vous remercie. Vous pouvez vous retirer, je souhaite rester seule.

— Puis-je me permettre de vous demander si tout va bien, madame ?

Zabrina sourit à sa demoiselle de compagnie. Non, tout n'allait pas bien. Roman lui battait froid ce qui, même si c'était difficile à admettre, la blessait. Elle n'aimait pas être en conflit avec lui, mais ne pouvait non plus s'épuiser à le satisfaire. C'était décourageant.

— N'ayez aucune inquiétude, Silviana, tout va bien. La journée a été longue, et faire ma première apparition officielle m'a stressée.

— Tout le personnel vous admire, madame. Vous allez faire une merveilleuse reine.

— C'est très gentil. Allez vous reposer maintenant, il est tard.

La jeune femme partie, Zabrina se déshabilla puis se mit au lit, mais elle était trop à cran pour trouver le sommeil. Elle pensa à Roman en train de travailler, ce qui ne fit qu'augmenter sa nervosité. Sur une impulsion, elle se releva, enfila un jodhpur et un pull puis quitta sa chambre. Si une présence pouvait la réconforter, c'était bien celle de Midas.

Un impressionnant silence régnait dans les couloirs

à présent vides du palais. À l'extérieur, la lune dardait ses rayons argentés sur les jardins. Zabrina longea les bâtiments afin de rester dans l'ombre. Quelques minutes plus tard, elle était dans les écuries. À sa grande surprise, elle trouva Midas allongé dans son box. Il s'était parfaitement acclimaté. Ayant senti sa présence, le cheval se dressa et vint frotter le museau contre sa joue. Elle le caressa un long moment, lui murmura des mots doux en albastasien puis, se sentant plus calme, décida de regagner sa chambre.

Alors qu'elle traversait la cour, Zabrina aperçut une silhouette immobile contre un mur, quelques mètres plus loin.

— C'est vous, Stefan ? murmura-t-elle en marchant vers l'homme.

— C'est donc lui que vous attendiez ?

De stupeur, Zabrina se figea.

— Roman ?

Il sortit alors de l'ombre et s'avança vers elle, le regard noir, la bouche serrée. Il portait encore son smoking, mais avait dénoué son nœud papillon dont les deux pointes tombaient autour du col ouvert de sa chemise, révélant un triangle de peau mate. En un éclair, l'émotion la submergea, un mélange de désir particulièrement inapproprié, et de crainte.

— Vous avez l'air surprise.

— Je le suis, en effet. Étiez-vous en train de m'espionner, Roman ?

— C'est vous, qui osez m'accuser ?

— Et comment ! Que faites-vous ici à cette heure ? Ça vous arrive souvent de surprendre les gens en pleine nuit ?

— Vous n'avez pourtant pas eu peur, alors que nombre de femmes dans votre situation auraient hurlé et ameuté la population.

— Serait-ce votre manière de me reprocher de ne pas être hystérique ?

— N'essayez pas de changer de sujet !

— Évitez-moi vos commentaires machistes et répondez à mes questions. Comment saviez-vous où me trouver ?

— Le palais est bien gardé, Zabrina, personne ne peut s'y promener sans être détecté, en particulier la nuit. Lorsque l'assistant d'Andrei est venu m'annoncer que vous étiez sortie, j'ai aussitôt su où vous alliez.

— J'admire vos talents divinatoires !

— N'ajoutez pas l'insolence à l'insulte, rétorqua Roman. Où est-il ?

Le cœur de Zabrina se mit à battre à tout rompre. Pousser Roman à bout ne ferait qu'envenimer la situation. Elle préféra une explication franche à un malentendu évident.

— Si vous parlez de Stefan, il doit probablement dormir. Avez-vous vraiment imaginé que j'avais un rendez-vous secret avec mon palefrenier ?

— Est-ce le cas ?

Zabrina resta bouche bée. Quel genre de femmes avait-il fréquenté pour la croire capable de se donner ainsi à un autre homme ? C'était d'autant plus ironique que le seul qui l'intéressait était debout devant elle en cet instant !

— Que vous me croyiez susceptible d'un tel comportement m'offense. Pour quelle raison avez-vous une si piètre opinion de moi ?

Roman la fixa un long moment en silence. Son regard n'était plus agressif, mais hésitant. Zabrina crut percevoir de la tristesse dans ses yeux, ou peut-être était-ce seulement de la méfiance. Difficile à dire avec un homme si complexe…

— Des rumeurs à votre sujet me sont parvenues il y a quelques mois.

— Comme le fait que j'aie tendance à exprimer et à défendre mes propres opinions ?

— Oui, mais je trouve ce trait moins déplaisant que je ne l'imaginais.

— Quel progrès ! Vous commencez à sortir de l'âge des ténèbres, dirait-on.

— Ne vous emballez pas ! répliqua Roman. Vous avez l'habitude de disparaître, paraît-il. Vous partez aussi à cheval aux premières heures du jour en compagnie de votre palefrenier et ne rentrez pas avant que le soleil soit au zénith.

— Vous en avez donc déduit que Stefan et moi galopions vers les joies d'un rendez-vous galant ?

— Plus ou moins.

— Comment osez-vous m'accuser d'une chose pareille Roman ? demanda rageusement Zabrina. Me croyez-vous capable d'entretenir une liaison alors que j'ai accepté d'épouser un autre homme ?

— Bien sûr ! La preuve, vous avez couché avec Constantin sans vous soucier un instant de Roman. Comment expliquez-vous cela ?

Prise au piège, Zabrina resta quelques secondes sans voix, puis décida de jouer la carte de la franchise.

— J'ai essayé de vous résister, déclara-t-elle d'un ton très calme. Ou plus exactement de résister à Constantin, car je n'avais jamais rencontré un homme tel que lui. J'ai même été très désagréable et sèche au départ. Vous devez vous en souvenir, non ?

Roman émit un petit rire.

— J'ai pensé qu'il s'agissait d'un jeu. Les femmes de caractère, capricieuses ou entêtées, attirent les hommes, ne le savez-vous pas ?

— Non, je l'ignorais. Pour en revenir à la soirée dans le train, je ne sais pas ce qui m'a pris et je préfère ne plus y penser. En ce qui concerne mes sorties matinales à cheval, elles avaient un but on ne peut plus honnête. Stefan m'accompagnait, mais il n'a jamais tenté le moindre rapprochement, pas plus que moi d'ailleurs.

Roman, qui aurait pourtant aimé accueillir cette déclaration avec indifférence, éprouva un soudain soulagement.

— Vous en êtes certaine ?

— Absolument. Jusqu'à mon départ pour Petrogoria, j'étais à la tête de diverses associations caritatives – ma sœur Daria a pris le relais depuis. L'une d'elles me tenait particulièrement à cœur. Il s'agit d'un refuge, situé en banlieue de la capitale, destiné aux femmes victimes de violences conjugales. J'y allais tous les matins.

— Pourquoi le faire dans la clandestinité ?

— Mes parents n'approuvaient pas mon engagement. À leurs yeux, des femmes qui quittaient leur mari pour fuir une relation abusive, quitte à se retrouver démunies, étaient coupables de ne pas avoir fait assez d'efforts pour sauver leur mariage.

— Quelle idiotie ! murmura Roman.

Zabrina le défia du regard.

— C'est une réaction un peu trop rétrograde, même pour vous ?

Malgré ses attitudes parfois sévères, Roman aimait être considéré comme un roi aux idées modernes, et la manière dont Zabrina le toisait le mettait mal à l'aise. Pourtant il pouvait difficilement se ranger du côté de ses parents.

— Je n'aurais pas dû tirer de conclusions hâtives de cette rumeur. Pourrez-vous me pardonner ?

Zabrina hésita juste assez longtemps pour le faire

douter de son absolution, mais ne l'admirait-il pas pour sa force de caractère ?

Elle hocha finalement la tête.

— Oui, je vous pardonne. À l'avenir cependant je préférerais vous voir éviter les jugements hâtifs. Si quelque chose vous tracasse, discutons-en !

Le sourire qui ponctua sa réflexion fit apparaître deux charmantes fossettes sur les joues de Zabrina. Roman dut se faire violence pour ne pas lui prendre le visage entre les mains et embrasser ses lèvres pulpeuses. En fait l'envie le démangeait de la prendre dans ses bras, de l'emmener dans un coin sombre des écuries et de lui faire l'amour pendant le reste de la nuit. De toutes les raisons l'en empêchant, c'était le devoir qui dominait.

Le même devoir ancré en lui depuis sa plus tendre enfance. Celui qui lui avait permis de se concentrer jadis sur la préparation de son futur rôle au détriment d'activités de son âge, celui qui guidait chacune de ses décisions et l'avait poussé à remplir sa part du contrat envers la jeune princesse d'Albastase après l'épisode du train.

Mais ne pourrait-il pas, ne serait-ce qu'une fois dans sa vie, s'affranchir du poids des attentes liées à sa position ? Après tout, Zabrina était sa fiancée…

Il la regarda droit dans les yeux, conscient de son pouvoir sur elle, et déclara d'une voix soudain rauque :

— J'ai tellement envie de vous faire l'amour !

Elle se mordit la lèvre, baissa les yeux comme pour chercher une réponse dans les brins de paille épars à leurs pieds. Lorsqu'elle releva la tête, son expression était sereine.

— J'en ai très envie aussi.

Faute de surprendre Roman, la rapide capitulation de Zabrina attisa son désir.

— Je pourrais vous attirer dans l'ombre, vous déshabiller, parcourir votre corps avec ma bouche et mes mains, vous seriez à nouveau mienne… Mais je n'en ferai rien.

— Pourquoi ?

La déception flagrante de Zabrina ravit Roman.

— Au lieu de cela, je viendrai dans votre appartement demain soir à minuit.

— Vous ne pouvez pas, la tradition veut…

— Je me fiche de la tradition, l'interrompit-il. C'est moi qui édicte les lois, et je n'ai pas à fournir un rapport détaillé de mes déplacements dans le palais. Je n'ai pas non plus l'intention de vous faire l'amour à même le sol des écuries. Je veux partager votre lit dans les règles de l'art. Moi, Roman, pas Constantin. Pour cela je dois être certain que vous le voulez aussi, Zabrina.

Roman marqua alors une légère pause afin qu'elle puisse assimiler ses paroles, puis poursuivit :

— Je ne veux pas d'une étreinte furtive, c'est pourquoi je vous laisse le temps d'y réfléchir. Si vous préférez attendre notre nuit de noces, vous devrez donc me l'indiquer par un signal.

— Comment ?

— Si vous souhaitez que je partage votre lit, allumez une lampe devant la fenêtre de votre chambre. Si je ne vois pas de lumière, ou si les volets sont fermés, je ne viendrai pas, et nous oublierons cette conversation. Est-ce clair, Zabrina ?

— Oui, murmura-t-elle si bas que Roman l'entendit à peine.

11.

La soirée sembla interminable à Zabrina. Roman n'avait fait aucune allusion à la nuit à venir pendant le dîner, et s'était retiré sitôt le café bu. Elle avait réintégré son appartement, essayé de regarder un film sans parvenir à s'y intéresser, puis avait pris un bain parfumé avant d'enfiler une longue nuisette de soie au décolleté orné d'une dentelle aérienne. La plus belle de son trousseau.

Peu avant minuit, Zabrina, ouvrit les rideaux de sa chambre, où la lampe d'appoint diffusait une lumière tamisée très romantique. En proie à une extrême nervosité, elle se mit à arpenter la pièce. Que faire à présent ? Attendre Roman dans le lit ? Non, cela trahirait son impatience.

Trois coups légers en provenance de l'entrée la firent sursauter. Avant même qu'elle ait atteint la porte, Roman était dans le salon, dominant l'espace de sa présence virile. Zabrina se sentit soudain insignifiante, intimidée, et mal à l'aise avec sa lingerie provocante. C'était peut-être le vêtement parfait pour accueillir un amant mais, n'ayant aucune expérience en la matière, elle eut soudain l'impression d'être nue devant lui, et ne sut quelle attitude adopter.

Il avait été clair, leur relation était – et serait – dénuée de sentiments. Hélas ! son émotion avait atteint des sommets. La lui dissimuler allait être impossible, aussi mieux valait prendre les devants, lui expliquer qu'il s'agissait de son premier rendez-vous secret…

— Écoutez, Roman…

— Taisez-vous, princesse, lui intima-t-il en lui saisissant la tête entre les mains. Le moment n'est pas à la discussion. Je ne peux pas attendre une minute de plus…

Et, joignant le geste à la parole, Roman prit possession de sa bouche. Son baiser passionné délivra Zabrina de ses doutes. Comme elle se laissait aller contre lui en gémissant, il la souleva et la porta jusqu'au lit.

Là, sans la quitter des yeux, il se déshabilla en silence. Zabrina le regarda, émerveillée, le cœur battant à tout rompre et la bouche soudain sèche. Cet homme au corps sublime allait enfin lui faire à nouveau l'amour.

Roman ne fit pas preuve de la même hâte que dans le train. Il s'allongea à côté d'elle, parcourut de légers baisers son cou, puis son décolleté,

— Cette nuisette était pour notre nuit de noces ? demanda-t-il tout en abaissant la dentelle sur ses seins.

Zabrina acquiesça dans un murmure. Roman releva la tête et plongea son regard dans le sien. Elle lut dans ses yeux une lueur indéfinissable, de la tendresse peut-être car elle se sentit soudain convoitée, chérie même. Son cœur se serra avec une délicieuse douceur, comme sous l'effet d'une émotion fragile, mais merveilleuse. Était-ce cela, l'amour ? Probablement pas. Les sentiments n'avaient pas de place entre eux, seules les sensations leur étaient permises.

Son impression persistait pourtant, si forte que, prise d'une soudaine hardiesse, Zabrina effleura le torse de Roman, laissant les doigts descendre le long de ses pectoraux, jusqu'à son ventre. Il laissa échapper un soupir, lui saisit le poignet qu'il lui maintint au-dessus de la tête, puis embrassa chacune des pointes tendues de ses seins. Comme elle se cambrait vers lui, il glissa une main sous sa nuisette, puis le long de ses cuisses.

Au moment où il la posait sur son intimité, Zabrina retint son souffle tandis que des frissons la parcouraient tout entière. Roman accentua sa caresse. En quelques secondes, il avait allumé un brasier dans son ventre. Incapable de se contrôler, elle se mit à gémir…

Roman pénétra Zabrina d'une lente poussée, stupéfait de la sentir plus sensuelle encore que dans son souvenir. Ce devait être la conséquence d'une semaine de manque et de frustration. Cette jeune princesse était la tentation faite femme ! Sans compter que l'avoir imaginée entre les bras du palefrenier avait décuplé son désir.

Mais elle n'appartenait qu'à lui !

En proie à une ardeur renouvelée Roman, stimulé par les soupirs de Zabrina, accéléra le rythme jusqu'à ce qu'elle s'abandonne. Lorsqu'il l'entendit crier son prénom, il se sentit envahi d'une étrange fierté. Alors seulement, en un puissant coup de reins, il laissa libre cours à sa propre jouissance. Il referma alors les bras autour d'elle et posa la tête contre la sienne, leurs corps encore mêlés, leurs cœurs battant à l'unisson.

Tandis qu'il goûtait cet instant de félicité, Roman perçut un changement dans le souffle de Zabrina, saccadé comme un sanglot. Pleurait-elle ? Sans prendre le temps de réfléchir, et alors qu'il n'avait jamais sondé les humeurs de ses compagnes, il demanda :

— Que t'arrive-t-il ?

— Rien.

Roman refusa d'accepter cette réponse fuyante. Se redressant sur un coude, il repoussa une mèche du front de Zabrina. Elle garda les paupières closes, probablement pour éviter une conversation, ce qui lui aurait convenu en temps normal. Mais sa conscience le travaillait.

— Regarde-moi, Zabrina.

Elle cilla. Dans la seconde suivante, il plongeait son regard dans le vert lumineux de ses yeux.

— Je suis navré de t'avoir accusée à tort. À présent je le sais, j'ai été ton premier amant.

Zabrina recula la tête plus profondément contre l'oreiller, les yeux écarquillés.

— Comment en es-tu arrivé à cette conclusion ?

Roman lui effleura la bouche de l'index, résistant à son envie de l'embrasser.

— Lorsque je suis arrivé, ce soir, je t'ai vue si adorable, si nerveuse, si visiblement intimidée… Tu ne te comportais pas comme une femme habituée à ce genre de situation. Au fond de moi, je l'avais déjà senti dans le train. Pourtant, j'ai préféré ne pas y croire, et te voir libre, dévergondée même.

— Pourquoi, Roman ? demanda Zabrina d'un ton très doux.

Il hésita, inquiet d'en révéler plus que nécessaire, même si c'était lui qui avait entamé cette conversation.

Comme il ne répondait pas, elle insista.

— Parce que si je l'avais été, il t'aurait été plus facile de me tenir à distance ?

Bien qu'il refusât de lui donner raison, Roman admira sa perspicacité. Il ne put cependant se résoudre à mentir.

— C'est possible, admit-il, ou bien c'est parce que cela m'autorisait à te faire l'amour – sous l'apparence d'un autre homme. Je n'aurais jamais dû faire ça.

— En effet, mais je voulais que tu le fasses. Je ne me souviens pas d'avoir rien désiré avec autant de force.

Loin de le rebuter, la franchise candide de Zabrina

séduisit Roman, même s'il aurait dû se lever, quitter l'appartement avant de s'enferrer dans des explications oiseuses. Il préféra éviter la conversation…

Il caressa un sein de Zabrina et, au moment où sa pointe se tendait, il sentit son sexe durcir. Tout en l'embrassant, il lui prit la main puis la glissa entre eux. Comme ses doigts effleuraient son érection, Roman étouffa un soupir.

— J'aimerais que tu m'apprennes à te donner du plaisir, murmura-t-elle.

— Tu n'as pas besoin de mes conseils. Tu te débrouilles à la perfection.

Sa princesse semblait en effet être d'instinct experte dans l'art de le satisfaire, car ce prélude enflamma le désir de Roman. En proie à une délicieuse impatience, il prodigua la même attention à Zabrina.

Fermant les yeux, il savoura le doux sentiment de complicité charnelle entre eux, le seul qu'il puisse véritablement contrôler.

Lorsque Zabrina se réveilla, Roman était parti. La seule trace de son passage était celle de sa tête sur l'oreiller. Son cœur se serra. Il avait quitté son lit furtivement, comme il était venu. S'était-elle attendue à une déclaration, une fois le feu de la passion assouvi ? Elle jugea plus raisonnable de ne pas répondre à cette question. Leur relation était superficielle, limitée à une entente de façade. Les sentiments en étaient exclus. C'était là le sens de leur accord.

Allongée entre les draps froissés, encore tièdes de la présence de Roman, Zabrina regarda par la fenêtre aux rideaux ouverts face à son lit. Le ciel commençait à s'éclaircir. Une aube nouvelle après une nuit exceptionnelle.

Dieu sait pourtant si elle avait été nerveuse avant

l'arrivée de Roman ! Si sa première fois avait été placée sous le signe de la spontanéité avec Constantin, son alter ego, le roi en lui avait orchestré cette deuxième rencontre, et Zabrina avait appréhendé de le décevoir. Mais chaque moment avait été parfait. Peut-être parce que leurs discussions leur avaient permis d'apprendre à mieux se connaître. Ou bien c'était dû à l'atmosphère différente, au fait d'être ensemble dans un lit, de prendre leur temps.

Quoi qu'il en soit, Zabrina avait eu l'impression qu'ils se rejoignaient au-delà du simple échange physique. Les émotions l'avaient submergée, à tel point qu'elle avait failli laisser libre cours aux gestes tendres que Roman lui inspirait. Bien lui avait pris de n'en rien faire, car juste avant de s'endormir – et après un nouvel orgasme partagé – sa dernière vision de lui avait été celle de son regard soudain distant. Comme si l'intensité du moment qu'ils venaient de vivre lui donnait envie de la repousser.

C'était peut-être le produit de son imagination puisqu'elle ignorait tout du comportement d'un homme qui venait de faire l'amour. Elle se rappelait d'ailleurs avoir entendu Roman dire qu'il reviendrait le lendemain soir. Un souvenir un peu flou, celui d'un murmure tandis qu'il quittait son lit, debout dans sa glorieuse nudité.

Rassérénée, Zabrina se rendormit le sourire aux lèvres. Lorsqu'elle ouvrit les yeux à nouveau, les rayons du soleil matinal baignaient sa chambre, et Silviana était en train de préparer ses vêtements pour la journée : une robe légère à motifs fleuris.

Roman était déjà attablé devant une tasse de café, en train de lire sur son téléphone, quand Zabrina arriva dans le petit salon surplombant la roseraie. Soudain nerveuse, elle espéra un mot ou un geste complice en secrète reconnaissance de leur nuit ensemble, mais il se contenta de lui adresser un léger sourire, le reste de son visage demeurant inexpressif.

— Bonjour, Zabrina. As-tu bien dormi ?

Elle masqua sa déception, affichant un air posé semblable à celui de son fiancé pendant que le serviteur dépliait sa serviette et la lui disposait sur les genoux.

— Très bien, je te remercie. Et toi ?

— Pas mal, répondit-il en posant comme à regret son téléphone face cachée sur la table. Quel est notre programme aujourd'hui ?

Zabrina but une gorgée de café, puis prit une fraise dans son assiette de fruits.

— La couturière m'attend pour un essayage en début de matinée. Après, je dois choisir la composition du gâteau de mariage. Veux-tu venir me donner ton avis ? Tu as sûrement une pâtisserie préférée qui te vient de ton enfance.

L'expression de Roman se fit aussitôt dure, les muscles de ses joues saillant sous l'effet de ses mâchoires serrées.

— Je préfère te laisser décider, je n'ai jamais été amateur de gâteaux.

Elle résista à l'envie de lui demander pourquoi une histoire de dessert le rendait si sombre. Leur intimité était trop récente pour qu'elle se permette ce genre de question, en particulier en public. Plus tard peut-être, ainsi qu'elle l'espérait, ils deviendraient plus proches, ils pourraient aborder les sujets personnels sans prendre des pincettes et formeraient un véritable couple. En attendant, mieux valait se montrer conciliante, entretenir une conversation légère, parler par exemple de leurs emplois du temps respectifs, et attendre la parfaite opportunité pour apprendre à mieux connaître celui qui allait devenir son mari.

Et le moment idéal était au lit.

12.

— Tu ne parles pas volontiers de ton passé, n'est-ce pas, Roman ?

Roman garda les yeux fermés dans l'espoir de décourager Zabrina. Depuis qu'ils passaient ensemble une partie de la nuit, elle essayait de vaincre sa réticence à se confier. Il était normal entre amants de chercher à se connaître, mais il avait déjà fait preuve d'assez d'indulgence envers elle. C'était probablement dû à leur exceptionnelle entente sexuelle. Si jusque-là il avait réussi à mettre fin à ses interrogations en l'entraînant dans une nouvelle félicité physique, il suspecta à son ton déterminé qu'elle n'était pas prête cette fois à abandonner le sujet.

La suite le lui prouva.

— S'il te plaît, murmura-t-elle tout en dessinant du bout des doigts de petits cercles sur son torse, ne fais pas semblant de dormir.

Roman ouvrit les yeux à contrecœur. S'il s'était agi de n'importe quelle autre femme, il aurait quitté la chambre sur-le-champ, mais avec elle c'était impossible. Il n'en avait jamais envie. La simple vue de son corps aux formes si féminines allongé nu à côté de lui, de sa peau soyeuse et de ses cheveux épars en halo autour de sa tête sur l'oreiller éveillait son désir. Et il voulait en profiter jusqu'aux premières lueurs de l'aube.

Chaque soir, il attendait minuit avec l'impatience d'un adolescent, et chaque soir le comblait. C'était la seule ombre au tableau : plus le temps passait, plus il devenait dépendant. Zabrina l'avait ensorcelé. Continuer d'éviter ses questions était retarder l'inévitable. Sa future épouse avait le droit de savoir ce qui était caché à ses anciennes maîtresses.

— Quelle partie de mon passé t'intéresse, princesse ? demanda-t-il en soupirant.

La réponse fusa.

— Tes parents, tes relations avec eux. Je t'ai parlé des miens, mais tu ne m'as rien dit des tiens. Je sais seulement qu'ils ont divorcé après quelques années de mariage, et que ton père est décédé il y a quatre ans.

— Ne crois-tu pas que si je ne t'ai pas parlé d'eux, c'est qu'il y a une raison ?

Zabrina se redressa alors contre les oreillers, et ses cheveux tombèrent en longues boucles sur sa poitrine, la dissimulant à la vue de Roman.

— Peux-tu me donner cette raison ?

À son ton calme et à son regard franc, il comprit que toute échappatoire serait impossible mais, bizarrement, il n'avait plus envie de se taire. Il se sentait prêt à confier à Zabrina ce dont il n'avait jamais discuté avec quiconque. Il avait même l'impression d'avoir porté un intolérable fardeau trop longtemps et d'avoir enfin la chance de s'alléger en le partageant.

Trouver les mots pour dire ce qu'il avait passé une vie à réprimer ne se révéla pas si facile. Il attendit qu'un soudain afflux d'émotions soit passé pour lui résumer la situation.

— Ma mère est partie quand j'avais trois ans. Après, j'étais seul avec mon père.

— Comment était-elle ?

Cette question simple surprit Roman. Des images d'une grande femme blonde au visage inquiet s'imposèrent aussitôt à son esprit, et il réalisa ne pas avoir pensé à elle depuis très longtemps. En fait, il ne s'était jamais permis de laisser remonter ses souvenirs.

— Je ne me rappelle pas très bien d'elle, seulement de sa voix grave lorsqu'elle me lisait des histoires, le soir pour m'endormir. Elle était américaine, venait du Missouri, et portait un collier avec oiseau bleu en pendentif.

— Que peux-tu me dire d'autre à son sujet ?

Roman se demanda si la question de Zabrina était due au désir d'en savoir plus sur lui ou à une fascination morbide. Une mère qui abandonnait son enfant suscitait toujours l'intérêt des gens – en particulier des femmes –, car elle était considérée comme un monstre, et ses enfants passaient pour mal-aimés ou non désirés. Il aurait volontiers changé de sujet, mais un jour Zabrina et lui devraient expliquer à leurs enfants pourquoi ils n'avaient qu'une grand-mère. Elle avait donc le droit de savoir.

— Que veux-tu savoir exactement ?

— Comment tes parents se sont rencontrés, par exemple.

— Mon père faisait une tournée diplomatique aux États-Unis, ma mère était serveuse pendant une réception. Il a dû tomber follement amoureux dès le premier regard, j'imagine, car il lui a demandé sa main et l'a ramenée à Rosumunte avec une hâte presque indécente. Raison pour laquelle je suis devenu un fervent défenseur des mariages arrangés. Il n'aurait jamais dû l'épouser.

— Parce qu'elle était une roturière ?

— Fort probablement. Elle était incapable, m'a dit mon père, de s'intégrer à la vie du palais, ou d'en accepter les restrictions, même après ma naissance. Dans mon souvenir, elle semblait toujours inquiète, me laissait la plupart du temps avec ma nourrice, Olga.

Soudain, les souvenirs de Roman se mirent à affluer, sans qu'il puisse les retenir.

— Elle attendait le soir pour venir me voir dans ma chambre et me lisait une histoire à voix basse, en jetant des coups d'œil furtifs vers la porte. Petit à petit, elle a espacé ses visites. Parfois, quand je l'apercevais au bout d'un couloir, elle faisait mine de ne pas me voir et s'éloignait. Puis un jour elle est partie, sans même me dire au revoir.

Le cœur battant soudain à toute allure, Roman s'arrêta. Il s'en voulait de souffrir encore à la seule évocation de cet abandon. Persuadé que Zabrina n'insisterait pas après une telle réponse, il s'apprêtait à l'attirer à lui pour oublier sa peine entre ses bras lorsqu'elle demanda :

— Comment as-tu su qu'elle était partie ?

— Peu importe, ça n'a aucun intérêt.

— Au contraire, j'aimerais entendre le reste de l'histoire.

— Puisque tu y tiens, voilà ce qui s'est passé… Un matin, comme je ne l'avais pas vue la veille, j'ai demandé à Olga où elle était. Ma nourrice m'a dit de poser la question à mon père. Il m'a expliqué que ma mère était partie et ne reviendrait pas. Je ne l'ai pas cru. Je l'ai cherchée dans tout le palais. En vain. Elle était bien partie.

Roman se rappelait le moindre détail de cette journée de cauchemar. Après sa brève discussion avec son père, le cœur lourd de sanglots retenus et d'une indescriptible panique – un prince ne devait jamais pleurer –, il s'était enfui du bureau et caché dans un recoin du palais. Olga avait fini par le trouver puis l'avait ramené dans la nursery. Rien cependant, aucune parole, aucun câlin, aucune offre de friandise, n'avait réussi à alléger sa peine, ni ce jour ni les suivants…

— As-tu eu des nouvelles de ta mère depuis ? T'a-t-elle appelé, écrit, ou donné une adresse où la joindre ?

— Au début, je lui envoyais des dessins, puis des lettres lui demandant quand elle allait revenir.

Dire qu'il avait supplié la femme qui l'avait purement et simplement rejeté ! Une bouffée d'humiliation étreignit la poitrine de Roman.

— Elle te répondait ?

— Non. Elle ne m'a jamais répondu. À l'âge de treize ans, j'ai cessé de lui écrire. Mon père ne s'est jamais remarié, il m'a élevé seul, de son mieux. Ce n'était ni facile pour lui ni parfait pour moi, car c'était un homme d'un abord froid, et notre vie n'avait rien de familial, mais nous nous sommes adaptés.

— Heureusement, tu avais Olga.

— Non, mon père l'a très vite renvoyée. Il nous trouvait trop proches. Selon lui, Olga avait oublié sa position d'employée pour se comporter comme une mère de substitution.

— Ça dû être un crève-cœur ! Je suis désolée pour toi

Roman s'efforça de réagir avec indifférence au ton compatissant de Zabrina. Ce double abandon avait en effet été très douloureux, mais il n'avait jamais accepté la pitié et n'allait pas commencer avec elle.

— Tout de suite les grands mots ! lança-t-il en haussant les épaules. J'ai compris les raisons de son renvoi. Après, j'ai eu une série de nourrices, beaucoup plus expertes qu'elle dans l'art d'élever un futur roi.

Et toutes avaient un point en commun : elles ne lui faisaient jamais de câlins, ne le touchaient que par nécessité. En grandissant, il avait soupçonné son père de leur dicter leur attitude, mais n'avait jamais cherché à savoir. De toute manière, cela n'avait pas d'importance. La distance imposée l'avait forcé à s'endurcir. Roman avait compris quelle était la place des gens, et sur qui il pouvait compter. Comme Zabrina restait silencieuse, il lança :

— Tu es satisfaite, j'imagine ? Maintenant, tu sais tout ce qu'il y a à savoir sur moi.

Roman voulait la voir abandonner le sujet, Zabrina en était consciente. Toutefois, son histoire était incomplète, et si elle voulait se rapprocher de lui, force était de poursuivre sous peine de ne pas voir une telle occasion se présenter de sitôt.

— Ta mère est encore en vie ?

— Je n'en ai aucune idée.

— Tu n'as pas cherché à la retrouver une fois que tu es monté sur le trône ? Dans ta position, tu as certainement des moyens d'enquêter.

— Pourquoi l'aurais-je fait ? Tu crois peut-être que m'exposer à un nouveau rejet m'aurait forgé le caractère ?

Zabrina ignora le sarcasme.

— Qu'est devenue Olga ?

— Ça, je le sais, répondit-il. Elle est retournée vivre auprès de sa famille à Posera, une petite ville de montagne pas très loin d'ici.

— Tu es donc allé…

— Ça suffit, maintenant ! Ton interrogatoire a épuisé ma patience !

Sans ajouter un mot, il se leva et ramassa ses vêtements épars au sol.

— Que fais-tu ?

— À ton avis ? Je me rhabille, bien sûr. Je ne vais pas rentrer nu dans mon appartement !

— Mais il est encore tôt.

— Je sais, mais j'en ai assez. Il n'est plus question de recommencer.

Zabrina sentit son cœur se serrer.

— Tu veux dire que tu ne reviendras plus me retrouver la nuit ?

— Je n'en sais rien. Ça dépend de toi.

— Je ne comprends pas…

Roman prit le temps d'enfiler son pantalon avant de se tourner vers elle.

— Je vais donc être très clair afin d'éviter tout malentendu ultérieur. À toi de voir si tu veux un avenir avec moi.

— Mais de quoi parles-tu ? Nous avons déjà décidé de nous marier.

— Oui, mais les circonstances ont changé. Nous sommes capables de former une équipe parfaite, en public comme dans l'intimité. Je n'ai d'ailleurs absolument aucune plainte à formuler sur ce dernier point… En revanche, je ne tolérerai plus tes questions incessantes. Ou tu m'acceptes tel que je suis, sans plus chercher à m'analyser, ou j'annule le mariage. Tu as compris, cette fois ?

— S'agit-il d'un ultimatum ?

— Oui, en quelque sorte. Te sens-tu capable de vivre avec moi en respectant ces règles ?

Zabrina était sidérée. Son cœur battait fort et douloureusement dans sa poitrine. C'était la seconde fois que Roman voulait annuler leur mariage. Le convaincre de ne pas le faire avait été relativement facile dans le train, mais cette fois il semblait déterminé. Or, elle tenait à l'épouser. Mais pas à n'importe quelle condition. Lui annoncer calmement qu'elle était prête à fermer les yeux sur ses incartades avait été une erreur. La seule idée de savoir une autre femme entre ses bras la rendait folle de jalousie.

Contrairement à sa mère, Zabrina ne se contenterait pas d'un rôle passif d'apparat. Au fil de leurs rendez-vous nocturnes, c'était devenu une certitude. Certes, elle voulait des nuits passionnées, mais aussi une complicité de tous les instants. Si Roman refusait de lui ouvrir son cœur ou au moins ses pensées, leur union ne résisterait pas longtemps.

Lorsqu'elle travaillait au refuge, de nombreuses femmes lui avaient raconté leur histoire, et leurs récits lui étaient revenus à l'esprit lorsqu'elle avait entendue celle de la mère de Roman. Sa disparition soudaine semblait suspecte à Zabrina. Elle se trompait peut-être, mais voulait découvrir si son intuition était juste.

Roman était entièrement rhabillé, à présent. Campé au pied du lit, il attendait sa réponse, avec une impatience quasi palpable. Dieu qu'il pouvait être intimidant ! Pourtant, sous son apparence fière, arrogante même, Zabrina devinait de profondes blessures, probablement infligées dans sa petite enfance, auxquelles il n'avait jamais donné une chance de guérir.

Pouvait-elle l'aider ? Et, plus important, accepterait-il son aide si elle avait les moyens de lui en fournir une ? Il fallait essayer pour le savoir.

Zabrina remonta le drap sur sa poitrine avant de déclarer avec une désinvolture qu'elle était loin d'éprouver :

— Je n'ai pas l'habitude de céder à ce genre de mise en demeure. Réfléchis pendant le reste de la nuit, tu m'en reparleras demain.

Roman accusa le coup, stupeur, colère et frustration mêlées dans ses yeux. Pour une fois, il ne dissimulait rien de ses émotions ! Zabrina éprouva un plaisir certain d'avoir réussi à lui tenir tête et surtout à le déstabiliser de la sorte.

Son moment de gloire fut de courte durée, car il tourna brusquement les talons puis disparut sans un mot.

Leur souci de discrétion le retint probablement de claquer la porte de l'appartement derrière lui.

13.

Zabrina se leva, lissa sa robe, puis comme sa demoiselle de compagnie s'apprêtait à quitter sa chambre, la retint d'un geste.

— Attendez un instant, Silviana, j'ai encore besoin de vous. Avez-vous entendu parler d'Olga, une ancienne nourrice du palais ?

La jeune femme s'arrêta net. Zabrina se demanda si l'expression apeurée qui venait de passer sur son joli visage était réelle ou si elle devenait paranoïaque.

— Oui, bien sûr, Votre Altesse. Ma mère la connaissait très bien.

— Elle habite dans la ville de Posera, m'a-t-on dit. Est-ce loin d'ici ?

— Non. En fait, il s'agit d'un petit village situé sur les contreforts les monts Liliachiun.

— Parfait, j'ai l'intention d'aller lui rendre visite ce matin. Maintenant, à vrai dire.

— Mais… Vous êtes déjà en retard pour le petit déjeuner avec Sa Majesté !

Zabrina était déjà trop stressée pour avaler quoi que ce soit et, pis, pour affronter Roman après son ultimatum. L'idée du mariage superficiel qu'il essayait de lui imposer la révulsait. Découvrir la vérité sur le départ de sa mère – si bien sûr son intuition se révélait exacte – était peut-être sa seule chance de provoquer un changement en lui. Sinon…

Il serait temps d'y réfléchir plus tard.

— Je n'ai pas le temps de prendre de petit déjeuner. Je souhaite partir immédiatement. Avec vous, Silviana. Pouvez-vous organiser cette excursion ?

— Le roi sera certainement ravi de vous procurer…

— Non, l'interrompit très vite Zabrina. Vous devez me procurer vous-même une voiture et un chauffeur qui gardera le secret sur notre destination. Le roi ne doit pas être au courant, car je lui prépare une surprise.

Surprise qui risquait de ne pas être à son goût, car même si elle avait raison, rien ne garantissait une réaction positive de Roman.

Le cœur battant à tout rompre, Zabrina suivit Silviana en catimini jusqu'au garage. Une fois toutes deux installées à l'arrière d'une limousine et hors de Rosumunte, elle retrouva un semblant de sérénité. Dès la sortie de la ville, le paysage verdoyant de la campagne s'offrit à ses yeux. Ce pays était superbe ! Mieux valait cependant ne pas trop s'y attacher au cas où Roman, irrité par son audacieuse initiative, annule le mariage. En surmonter les conséquences serait douloureux, et affronter l'opprobre général probablement pire, car les répercussions économiques seraient désastreuses pour Albastase.

Il était cependant trop tard pour changer d'avis. Elle devrait donc faire face…

Au bout d'une heure, à la sortie du village de Posera, une charmante maison ancienne au toit de chaume apparut, entourée d'un jardin aux plates-bandes fleuries. À l'arrière se trouvait un pré où paissaient quelques vaches, puis une forêt sur les pentes montagneuses. Un paysage idyllique.

Comme la voiture s'arrêtait, une jeune femme sortit de la maison. Sa curiosité se mua en stupeur à la vue de Zabrina. Dans la seconde suivante, elle effectuait une profonde révérence :

— Votre Altesse Royale…

— Je vous prie d'excuser mon arrivée inopinée. Pourrais-je voir Mme Olga, votre grand-mère, j'imagine ? Seule à seule si possible.

— Bien sûr. Puis-je vous demander d'attendre une minute, le temps que je l'informe de votre visite ?

Zabrina entendit des murmures et un tintement de porcelaine avant d'être introduite dans un salon étrangement grand et confortable pour une maison d'aspect si modeste. Une dame âgée lui indiqua un fauteuil près du sien, face à la cheminée où brûlait un feu malgré le soleil éclatant en ce début de matinée.

— On devient frileux en vieillissant, dit-elle avec un sourire.

— J'en ferai l'expérience à mon tour, j'imagine. Je vous remercie d'avoir accepté de me recevoir.

Une subite émotion étreignit la poitrine de Zabrina. Cette femme avait connu Roman enfant, l'avait bercé, avait tenu sa petite main dans la sienne, lui avait appris à manger et à marcher.

— Je suis heureuse de faire votre connaissance. Je me demandais si vous viendriez.

Tout en attendant Zabrina devant sa tasse de café, Roman se demanda quelle serait son attitude. Allait-elle lui présenter ses excuses pour l'avoir assailli de questions au cours de la nuit et lui promettre de ne plus recommencer ? Probablement. Elle lui avait tenu tête, mais il la savait loin d'être indifférente à son charme. Ses joues qui s'enflammaient et ses regards furtifs lorsqu'elle le croyait occupé, sans parler de ses réactions au lit, en étaient la preuve. De plus, elle savait qu'annuler ce mariage aurait de fâcheuses conséquences pour elle et pour son pays.

Cette certitude le rendit magnanime. Zabrina devait redouter le moment de s'excuser. Il pouvait donc lui pardonner son retard inhabituel.

Au bout d'une demi-heure cependant, il s'impatienta. Son café avait refroidi, le serviteur semblait mal à l'aise. Roman comprit alors que Zabrina n'allait pas venir. Et ne l'en avait même pas fait informer !

Furieux, il envoya Andrei se renseigner. Quelques minutes plus tard, son conseiller principal était de retour pour lui annoncer que Zabrina avait quitté le palais en compagnie de Silviana.

— Où sont-elles allées ?

— Je l'ignore, Votre Altesse. Personne ne le sait.

— C'est un comble !

— Vos ordres étaient de la laisser aller et venir à sa guise, se défendit Andrei.

— Je sais. Après tout, peu importe. Elle ne risque rien avec sa demoiselle de compagnie. Assurez-vous qu'on me prévienne de leur retour.

Roman regagna donc son bureau. Le travail ne réussit cependant pas à le distraire de ses pensées. Quelle stupidité d'avoir accepté d'épouser cette princesse rebelle, et tout cela pour une forêt !

À l'approche de midi, Zabrina n'était toujours pas réapparue. Roman devenait de plus en plus nerveux. Il en arrivait même à sursauter chaque fois que le téléphone sonnait dans le bureau d'Andrei, voisin du sien. La colère n'avait cessé d'enfler en lui. Cette satanée princesse lui en faisait décidément voir de toutes les couleurs. Quel toupet d'oser le provoquer ainsi ! Par moments, sous l'effet d'une anxiété subite, il se demandait s'il ne devrait pas faire appeler le chauffeur, puis se raisonnait. S'il était arrivé quoi que ce soit de grave, il aurait été averti.

Soudain, alors qu'il faisait les cent pas devant la porte-fenêtre de son bureau, une énième sonnerie de téléphone retentit. Quelques secondes plus tard, son conseiller principal se présenta à sa porte.

— La princesse vient de rentrer.

— Qu'attendez-vous pour lui dire de venir ici au plus tôt ? lança-t-il d'un ton hargneux.

— Nul besoin de me convoquer, je suis venue de mon plein gré !

Roman pivota sur ses talons. Zabrina était là, sur le pas de la porte, les joues rosies comme après une promenade en plein air. Un éclat de défi dans ses yeux verts accentuait le sarcasme de ses paroles. Elle n'affichait même pas un semblant de repentir après l'avoir offensé !

— Si vous voulez bien m'excuser, déclara Andrei en reculant, je vais prendre ma pause déjeuner.

Roman acquiesça de la tête. Son conseiller principal parti, il affronta Zabrina.

— Maintenant que nous sommes seuls, puis-je savoir où tu as passé la matinée ?

Des mains, elle souleva ses cheveux qui retombèrent sur ses épaules. Dans ce mouvement, sa robe remonta légèrement, dévoilant ses genoux, soulignant la courbe de ses seins. Était-ce un geste délibéré destiné à lui montrer l'emprise que son corps exerçait sur lui ?

— Vas-tu m'accuser d'être allée séduire le nouveau palefrenier qui m'a été attribué ?

— Évite les sarcasmes, s'il te plaît. Je ne suis pas

d'humeur à plaisanter. On t'a vue partir en voiture avec Silviana. Alors dis-moi où vous êtes allées.

— J'ai rendu visite à Olga.

Une brusque émotion serra le cœur de Roman. De la colère mêlée d'effroi.

— Pourquoi diable as-tu fait cela ?

— Parce que certaines de tes paroles m'ont interpellée hier soir. Il m'a paru impossible que ta mère n'ait jamais répondu à tes lettres. J'ai...

— Tu crois donc toutes les femmes, et les mères en particulier, fondamentalement bonnes ? demanda Roman avec un petit rire amer. Dans ce cas, tu es bien naïve, Zabrina ! Pour ma part, j'ai perdu confiance en la gent féminine depuis bien longtemps.

Zabrina poursuivit comme s'il ne l'avait pas interrompue.

— J'ai trouvé bizarre qu'elle t'évite dans la journée, ne vienne te voir que le soir et soit sans arrêt sur le qui-vive. Ce n'est pas une attitude normale. J'ai donc pensé qu'Olga devait savoir pourquoi. Elle le savait en effet, et cela a même été la principale raison de son renvoi.

Roman sentit un goût amer lui envahir la bouche. Il aurait aimé, comme les enfants, se boucher les oreilles pour ne pas entendre la suite, mais à quoi bon ? Il avait vécu le pire autrefois, rien ne pouvait davantage le blesser.

— Que savait Olga ?

Zabrina prit une profonde inspiration. Elle semblait soudain moins assurée. Il lut même de la peur dans ses yeux.

— Ton père maltraitait ta mère, Roman. Physiquement et psychiquement

— Non ! s'exclama Roman. C'est impossible.

— Pourquoi ?

— Parce que je l'aurais su. Je l'aurais protégée.

— Certainement pas, car ta mère ne voulait pas que tu

le saches. Elle dissimulait sa détresse pour te protéger. De toute façon tu étais trop petit pour lui éviter la violence de ton père qui s'en serait pris à toi s'il s'était senti menacé.

Roman serra les poings si fort qu'il sentit ses ongles lui meurtrir les paumes. Ce n'était cependant rien en comparaison de la souffrance qui lui broyait le cœur.

— Comment pourrais-tu savoir ce qu'elle voulait ou ressentait ?

— Dans le refuge dont je m'occupais à Albastase, j'ai été en contact avec de nombreuses femmes dans une situation identique à celle de ta mère.

— Des femmes issues de milieux défavorisés, probablement. C'est différent.

— Certaines en effet, mais d'autres venaient de familles aisées, leurs maris avaient des postes importants, étaient admirés, respectés même. La maltraitance existe dans toutes les classes sociales. Ta mère avait quelques fois des marques sur le visage, c'est pour cela qu'il lui arrivait de t'éviter le jour pour ne te rendre visite qu'une fois le soir venu. C'est aussi la raison qui l'a poussée à partir. Être constamment battue l'empêchait d'avoir une relation saine avec toi. Olga m'a expliqué tout cela, elle en a été le témoin.

— Ma mère aurait pu m'emmener, lança Roman. Pourquoi ne l'a-t-elle pas fait ?

Zabrina résista à l'envie de prendre Roman dans ses bras pour le réconforter. Si, jusque-là, il s'était montré presque agressif face à ses révélations, sa dernière explication l'avait visiblement convaincu. L'angoisse transparaissait à présent dans sa voix. Elle préféra attendre de lui avoir raconté l'histoire entière avant de lui offrir son soutien – s'il était prêt à l'accepter…

— Elle en avait l'intention. Hélas ! ton père a découvert son projet de fuite. Dans l'heure suivante, il l'avait mise dans son jet privé, direction les États-Unis. À cette époque, une serveuse du Missouri n'avait aucun pouvoir face à l'un des hommes les plus puissants du monde. Toute tentative de rébellion aurait pu très mal se terminer, pour elle comme pour toi.

— Elle n'a jamais reçu mes lettres, n'est-ce pas ? demanda soudain Roman.

Édulcorer sa réponse étant impossible, Zabrina opta pour la franchise.

— Je ne crois pas. Ton père devait les détruire dès que tu les lui remettais. En revanche, elle t'a écrit.

Roman la regarda, sans parler, les yeux plissés, comme s'il s'efforçait de réprimer un espoir. Le cœur de Zabrina se serra, elle éprouva à la fois une bouffée d'amour et une profonde douleur.

— Elle adressait ses lettres à Olga. Hélas ! elles ne lui ont été remises qu'après le décès de ton père. C'est moi qui les ai, à présent.

Le cœur de Roman battait à tout rompre. Tant d'informations à digérer, tant de souffrance qui aurait pu être évitée ! Et Zabrina qui le regardait, les yeux emplis de compassion…

— Olga aurait pu me les envoyer à ce moment-là. Pourquoi ne l'a-t-elle pas fait ?

— Elle a essayé de te contacter, mais tu as refusé tous ses appels. Il lui était impossible de te faire parvenir ces lettres sans savoir si tu étais prêt à les recevoir, sans te donner d'explication avant.

Roman maudit son intransigeance. Il serra les dents,

puis laissa son cœur parler. Peut-être parce qu'il savait que sa princesse le comprenait.

— L'idée de la revoir après tant d'années était plus que je ne pouvais en endurer. Je ne voulais en aucun cas… raviver ma douleur passée.

— Je m'en doutais, Olga aussi. Elle sait que tu es à l'origine des sommes régulièrement versées sur son compte bancaire, et te remercie de ta générosité.

— Je hais mon père pour ce qu'il a fait ! s'exclama-t-il soudain.

— La rancœur n'apporte rien, Roman, murmura Zabrina. C'est une émotion destructrice. Laisse-la partir. De plus, tu ne connais rien de son passé, j'imagine ?

— Non, en effet. Il refusait toujours d'en discuter, ou de discuter de quoi que ce soit d'ailleurs.

Ce qui était vrai. Ils avaient vécu côte à côte, jamais ensemble. Son père s'était-il parfois senti coupable de la manière dont il avait traité sa femme ? Serait-ce la raison des larmes versées sur son lit de mort, tandis qu'il serrait la main de son fils ? C'était en tout cas la seule fois qu'il l'avait vu pleurer. Zabrina avait cependant raison, ressasser le passé n'apportait rien. Il devait pardonner, sous peine de ne jamais avoir le cœur en paix. Ses pensées étaient plus claires à présent.

Mais il restait un point à éclaircir. Il prit une profonde inspiration, se préparant au pire avant de poser la question essentielle.

— Et ma mère, qu'est-elle devenue ?

— Elle est vivante.

Roman se figea.

— Tu en es sûre ?

— Oui, en vie et en bonne santé. Elle t'envoie ceci.

Zabrina sortit alors de son sac à main une fine chaîne en argent sur laquelle pendait un oiseau bleu en émail.

— C'est un Merlebleu de l'Est, un symbole du Missouri, son État de naissance. Elle l'a envoyé à Olga dans une de ses premières lettres. Elle veut te rencontrer. Nous pourrions l'inviter à notre mariage, ou tu pourrais aller la voir seul si tu souhaites annuler la cérémonie.

Roman prit le bijou, le mit dans sa poche, puis, la gorge soudain nouée, demanda :

— Tu veux annuler notre mariage ? Est-ce cela que tu es en train de me dire ?

Zabrina se demanda comment un homme aussi intelligent que Roman pouvait manquer de confiance en lui à ce point. Ne voyait-il pas qu'elle aurait traversé le monde sur les genoux pour être avec lui ? Elle savait pourtant pourquoi il était ainsi. Roman avait cruellement manqué d'amour dans sa jeunesse, c'est pourquoi il ne reconnaissait pas ce sentiment lorsqu'il l'avait sous les yeux. Sa foi en l'amour était anéantie, mais elle avait une chance de l'aider à la retrouver et comptait bien la saisir. Avec succès, ou pas, car il ne souhaitait peut-être plus la voir partager sa vie après lui avoir dévoilé la peine qui le rongeait.

— Certainement pas. Je veux plus que tout être ta femme, Roman, parce que je t'aime. Je suis tombée amoureuse de toi dès le premier jour, quand tu prétendais te nommer Constantin Izvor. J'ai aimé l'homme, puis le roi. Tu me rends heureuse, tu me fais rire, tu me combles. Tu peux aussi être exaspérant, mais je dois être exaspérante également !

— Mon Dieu, Zabrina…

— Attends, l'interrompit-elle d'une voix soudain moins assurée, laisse-moi terminer. Lorsque nous avons discuté de nos vues sur le mariage, je t'ai dit être prête à fermer les yeux sur tes éventuelles infidélités. Je pensais l'être, mais ce n'est pas le cas. Je serais folle de jalousie si tu t'avisais de simplement poser les yeux sur une autre femme. Je te veux tout à moi. Alors, si tu pensais…

— Pas un mot de plus, Zabrina, murmura-t-il en l'attirant dans ses bras. Je ne veux pas d'un mariage superficiel. La seule idée de t'imaginer avec un autre que moi me révulse. Tu vois, moi aussi je suis jaloux, mais je ne te donnerais jamais l'occasion d'être jalouse, toi, car je t'aime, ma princesse chérie.

— Tu n'es pas obligé de me dire cela.

— Peut-être, mais j'y tiens. J'ai l'habitude de dire ce que je pense, tu as dû t'en rendre compte, j'imagine.

— Sans aucun doute, répondit-elle en souriant. Je ne te savais toutefois pas capable d'exprimer si clairement un sentiment.

— Je commence juste à apprendre, aussi tu devras être indulgente.

— Je le serai, mon amour.

À la vue de l'émerveillement et de la tendresse qui brillaient dans les yeux de Zabrina, Roman sentit son cœur se gonfler d'amour. Cette femme exceptionnelle venait de lui ôter un poids qu'il ignorait porter. Bien qu'il brûlât d'envie de l'emmener tout droit dans son lit, il voulut lui dire à quel point elle était importante pour lui.

— Comme toi, je suis tombé amoureux dès notre premier regard. J'ai même regretté que tu sois ma princesse, car j'aurais pu me permettre de te séduire.

— Tu l'as pourtant fait !

— Eh oui ! soupira-t-il. Tu n'imagines pas à quel point délaisser mon sens du devoir m'était inhabituel. Et je t'en ai voulu d'avoir autant de pouvoir sur moi.

— Tu ne voulais pas qu'une femme ait de l'emprise sur toi, car tu craignais d'être à nouveau blessé. Je ne te blesserai jamais, Roman, du moins pas de manière intentionnelle. Si cela arrivait, tu devrais me le dire.

Roman sentit son cœur près d'éclater de bonheur.

— Si je le pouvais, je t'épouserais, là, maintenant, tout de suite ! Hélas ! c'est impossible. Tu es la femme la plus belle que j'aie jamais rencontrée. Tu es courageuse, forte et aimante. J'ai une chance inouïe de t'avoir dans ma vie. Je t'aime de toutes les fibres de mon être, Zabrina. Je t'aime au-delà de tout ce que tu peux imaginer, crois-moi.

— Je te crois, murmura-t-elle d'une voix rauque d'émotion.

Incapable de se retenir plus longtemps, Roman prit possession des lèvres de Zabrina avec tendresse et amour.

Épilogue

— Mon Dieu, comme tu es belle, Zabrina ! s'exclama la petite Eva en voyant sa grande sœur. Tu ressembles à une vraie reine !

Daria jeta un coup d'œil à sa montre incrustée de diamants – cadeau de son futur beau-frère à l'aînée des demoiselles d'honneur –, avant de lancer :

— C'est parce qu'elle en sera une dans environ une heure. Es-tu nerveuse, Zabrina ?

— Pas le moins du monde. Je suis tout simplement heureuse !

Et elle l'était. Avec Roman, chaque instant de sa vie était un nouveau bonheur. Il lui tardait tant d'être officiellement sa femme. Finies les rencontres nocturnes en secret, ils allaient enfin avoir le droit de vivre ensemble au grand jour !

À cet instant, l'orchestre se mit à jouer les premières notes de l'hymne national de Petrogoria, prélude à la cérémonie. Zabrina prit son bouquet des mains de Silviana et lança à l'intention de ses sœurs :

— Allez, jeunes filles, le moment est venu de faire notre entrée !

Zabrina franchit les lourdes portes dorées à leur suite. La traîne, rebrodée de centaines de perles, l'obligeait à marcher lentement. Ce qui n'était pas un mal, car elle voulait profiter de chaque seconde de ce jour béni où elle allait épouser son grand amour, son âme sœur. Cet homme merveilleux était encore plus fort depuis qu'il avait surmonté les douleurs de son enfance et laissé tomber les barrières érigées autour de son cœur. Elle le vit, si grand, si séduisant, debout sous l'arche de fleurs, la regarder avancer.

À son entrée, tous les invités se levèrent et tournèrent la tête. Ses parents étaient là, bien sûr. Sa mère très droite et digne. Son père quant à lui, fidèle à son habitude, portait trop d'attention au décolleté de la ravissante rousse assise en bout de rangée. Zabrina se demanda comment ils réagiraient à leur statut prochain de grands-parents. L'arrivée d'une nouvelle génération apporterait peut-être un souffle de légèreté et de fraîcheur dans leur relation si cynique. Du moins l'espérait-elle.

L'assistance était composée en grande partie de membres de l'aristocratie d'Albastase ou de Petrogoria, les autres étaient des souverains de pays avoisinants, ou de royaumes plus lointains comme ceux de Grèce et de Grande-Bretagne. Il y avait aussi des acteurs célèbres, des intellectuels renommés, et un cheikh à la beauté dévastatrice, Zulfaqar, avec qui Daria avait flirté la veille lors de la répétition. Zabrina avait d'ailleurs l'intention de mettre en garde sa sœur après la cérémonie, car ce prince du désert avait une réputation sulfureuse en ce qui concernait les femmes. En attendant, son seul souci était de rejoindre son bien-aimé Roman et de prononcer ses vœux.

En arrivant au pied de l'autel, elle confia son bouquet à Daria avant de monter les marches. Olga, assise au premier rang entourée de ses petites-filles, lui adressa un doux sourire. Cela suffit à libérer l'émotion de Zabrina, qui s'efforça de contrôler le subit tremblement de ses mains. Oui, elle était bel et bien nerveuse ! Mais dès que Roman mêla les doigts aux siens, sa fébrilité céda la place à un pur bonheur.

— Tu es si belle ! murmura-t-il.

Zabrina sentit une bouffée de chaleur lui colorer les joues. Elle était belle pour lui, et pour lui seul. Elle vit alors le regard de Roman glisser le long de son cou pour se poser sur la fine chaîne en argent et son pendentif en émail. Cet oiseau était ce fameux « quelque chose de bleu » indispensable à toute jeune femme le jour de son mariage.

La mère de Roman n'était pas présente, mais ils avaient eu le temps de se parler longuement depuis les révélations d'Olga. Pendant une émouvante communication en vidéo, elle leur avait annoncé ne pas vouloir dévier l'attention du public et des journalistes en ce jour si important pour eux. Ils étaient donc convenus d'aller la voir dans le Missouri pendant leur voyage de noces. Ce serait l'occasion pour Roman de faire la connaissance de ses trois demi-frères. Lui qui avait été enfant unique pendant si longtemps se retrouvait soudain l'aîné d'une fratrie ! Et il prenait son rôle très à cœur. Il avait invité le frère et les sœurs de Zabrina à venir passer les vacances d'été au palais avec eux, instaurant ainsi une nouvelle tradition.

Roman avait même promis à Alexandru de l'aider à se préparer à monter sur le trône. Il avait aussi décidé de mettre en fiducie une mine de diamants à son intention afin de lui épargner les soucis financiers au cas où le jeune homme hérite d'une importante dette nationale.

Penser aux diamants rappela à Zabrina l'impressionnant collier d'émeraudes que Roman lui avait offert pour leur premier bal. Il s'agissait en fait d'un cadeau de consolation qu'il aurait dû lui donner dans le train pour s'excuser de l'avoir trompée en se présentant à elle sous une fausse identité.

Ce bijou correspondant peu à sa personnalité, il avait accepté de la laisser le vendre afin d'obtenir les fonds nécessaires à la création à Rosumunte d'un refuge destiné aux femmes maltraitées, sur le modèle de celui d'Albastase. Zabrina se réjouissait de cette opportunité supplémentaire d'aider les autres. Elle-même n'avait besoin de rien : l'homme de sa vie lui suffisait.

Roman la tira de sa rêverie en portant les doigts à ses lèvres au moment même où l'orchestre jouait les dernières notes de l'hymne national.

Dans le silence soudain, il murmura :

— Tu es la joie de ma vie, Zabrina, mon amour, ma raison d'être.

— Chut ! Si quelqu'un sait lire sur les lèvres, cette phrase sera dans tous les journaux demain.

— Ça m'est égal. Je veux que l'humanité entière sache à quel point je suis fou de toi, ma princesse. Et je le serai jusqu'à mon dernier souffle. Tu le sais, n'est-ce pas ?

Zabrina acquiesça d'un battement cils – destiné aussi à refouler ses larmes d'émotion ! Dans quelques minutes ils auraient prononcé leurs vœux et seraient mari et femme. Elle lui apporterait alors une joie encore plus grande en lui annonçant sa grande nouvelle : elle attendait un bébé ! Et, une fois passée sa surprise initiale face à cette naissance imprévue, Roman serait un père merveilleux, elle en était certaine.

Une brusque envie de rire et de pleurer saisit Zabrina. Au diable ces émotions contradictoires ! Soudain elle ne se préoccupa plus des gens capables de lire sur les lèvres.

— Je t'aime aussi, Roman, bien plus que tu ne peux l'imaginer.

Et une larme roula sur sa joue avant d'aller mourir sur le petit oiseau bleu en émail.

Retrouvez prochainement,
dans votre collection

AZUR

Un roi pour patron, de Millie Adams - N°4411

Rien ni personne ne résiste au roi Matteo de la Cruz. Aussi est-il stupéfait quand Livia, sa parfaite assistante dont il ne sait plus se passer, refuse sa demande en mariage. Certes, il ne s'agirait entre eux que d'un arrangement dénué de sentiments mais Livia, qu'il a autrefois sortie du ruisseau, n'en tirerait que des avantages... Or, alors qu'il essaye de la faire revenir à la raison, Livia pousse l'affront jusqu'à lui présenter sa démission. Un rejet que Matteo n'est pas prêt à accepter. Bientôt, son assistante sera sa reine !

Un secret à Noël, de Sharon Kendrick - N°4412

Embauchée comme serveuse à l'occasion d'un gala de Noël, Hollie tombe sous le charme de Maximo Diaz, un irrésistible milliardaire espagnol. Aussi, quand celui-ci l'invite à partager une nuit avec lui – une seule ! –, cède-t-elle à la tentation, tout en sachant que cet homme restera à jamais hors d'atteinte. Mais voilà que peu de temps après cette parenthèse passionnée Hollie se découvre enceinte. Désormais, elle n'a d'autre choix que de se rendre au château de l'homme solitaire et envoûtant qui lui a fait perdre la raison, pour lui révéler qu'il sera bientôt père...

Le retour de Duarte Avelar, d'Amanda Cinelli - N°4413

Duarte a vécu l'enfer. Revenu d'entre les morts, il s'est battu pour rentrer chez lui, alors que tous le croyaient disparu à jamais. Pressé de renouer avec la vie qui lui a été arrachée – celle d'un milliardaire à qui tout réussit –, il doit d'abord recouvrer la mémoire. Or la clé de ses souvenirs pourrait bien être une jeune femme qui hante ses nuits. Sitôt qu'il l'a identifiée, Duarte se précipite donc à Rio pour trouver Nora Beckett, sans savoir quel lien existe entre eux. Et c'est avec stupeur qu'il découvre que la belle attend un enfant de lui !

Une reine à New York, de Natalie Anderson - N°4414

Prendre la place de sa jumelle. Au départ, l'idée paraissait séduisante à la reine Jade. Quitter son palais de Monrova – et ses devoirs – pour passer Noël à New York lui semblait même le comble de l'audace. Seulement voilà, avant de pouvoir profiter de sa liberté, elle doit affronter Alvaro Byrne, le patron de sa sœur. Saura-t-elle convaincre cet homme exigeant et autoritaire qu'elle est sa précieuse collaboratrice ? Surtout, parviendra-t-elle à ignorer le désir qu'il fait naître en elle pour jouer son rôle ?

HARLEQUIN AZUR

Séduction au palazzo, de Julia James - N°4415

Jenna retient son souffle, tandis qu'elle pénètre dans le *palazzo* du signor Evandro Rocceforte. C'est là, au cœur de la campagne piémontaise, qu'elle vivra quelques semaines en tant que tutrice de la petite Amélie, la fille du maître des lieux. Si cette perspective la réjouit de prime abord, Jenna ne tarde pas à prendre peur. En effet, la cohabitation avec son mystérieux patron pourrait s'avérer plus difficile que prévu, si elle en croit la passion qui brûle aussitôt entre eux, intense et interdite…

L'hiver d'une princesse, de Leah Ashton - N°4416

Alors qu'elle s'apprête à épouser un homme qu'elle n'aime pas, Ana, princesse de Vela Alda, prend la fuite. Persuadée d'avoir fait le bon choix, elle doit toutefois trouver un refuge, et vite. Et c'est chez Rhys North, un expert en sécurité ami de son frère, qu'elle pose ses bagages. Auprès de cet homme protecteur, elle espère échapper au scandale provoqué par ses noces interrompues. Mais c'est une tout autre rumeur qui menace bientôt sa fragile sérénité. Conquise par Rhys, Ana entame une liaison avec lui – et se retrouve enceinte…

Une promesse à honorer, de Jessica Gilmore - N°4417

Sous le choc, Amber aperçoit dans la foule le prince Tristano Ragrazzi. Loin d'être un inconnu pour elle, cet homme est l'incarnation de l'existence dorée mais dénuée de liberté qu'elle a fuie huit ans auparavant. Promise autrefois à Tristano, elle a en effet brisé leur mariage arrangé sans un mot, pour se fondre dans l'anonymat. Impossible aujourd'hui de renier plus longtemps son titre de princesse et les responsabilités qui lui incombent, car Tristano exige qu'elle rentre avec lui au palais d'Elsornia et qu'enfin elle l'épouse !

Des jumeaux pour un milliardaire,
de Lynne Graham - N°4418

SÉRIE : *LES MARIÉES DE NOËL* - 2/2

Amy accueille toujours Noël avec joie – sans doute parce qu'elle a été privée de fêtes toute son enfance. Mais cette année son bonheur est à son comble. Depuis sa rencontre avec Sevastiano Cantarelli, elle se sent pousser des ailes… au point qu'elle finit par s'abandonner à la passion entre ses bras. Un moment d'égarement qu'elle ne tarde pas à regretter, hélas ! Car tout en prenant conscience que Sevastiano ne partagera jamais ses sentiments Amy découvre qu'elle attend des jumeaux de lui…

Son ennemi pour amant, de Kate Summer - N°4419

SÉRIE : *LES TSARAKIS* - 3/3

Se venger de l'homme à cause duquel il a perdu sa famille et l'atteindre dans ce qu'il a de plus cher, c'est le seul objectif de Theo Tsarakis. Pourtant, quand il rencontre la belle-fille de son ennemi pour lui annoncer que le contrat qui aurait pu lancer sa carrière de jeune photographe est annulé, il se sent étrangement déstabilisé. Juliet est belle, pleine de charme, terriblement séduisante... Devant son regard innocent, Theo se sent soudain incapable de s'en prendre à elle. Avant de trouver la solution à son dilemme : il fera de Juliet sa maîtresse, avant de la quitter en lui révélant qui est réellement ce beau-père qu'elle adore...

Un trône pour Noël, de Nina Milne - N°4420

SÉRIE : *NOËL ROYAL À CASAVALLE* - 3/3

Gabriella vient tout juste de découvrir qu'elle est une princesse, l'héritière du trône de Casavalle. Et elle a les plus grandes difficultés à s'adapter à son nouveau statut royal. Alors qu'un soir d'hiver elle cherche à oublier son devoir le temps d'une chevauchée, elle rencontre un sublime inconnu qui fait aussitôt battre son cœur. Quelle n'est pas sa surprise d'apprendre bientôt que celui qui l'a conquise d'un seul regard n'est autre que le prince Cesar d'Aguilarez, à qui sa famille la destine ! Gabriella n'a aucune envie de contracter une union de convenance, mais se pourrait-il que devoir et désir se mêlent pour transformer ces noces arrangées en un mariage d'amour ?

À la merci de Dario Olivero, de Kate Walker - N°4421

Afin de décourager un prétendant trop insistant, Alyse a mis au point un plan parfait : elle va séduire un inconnu à la soirée de gala à laquelle elle est invitée. Un plan parfait, vraiment ? En théorie seulement. Car, sous les baisers brûlants de Dario Olivero, cet Italien plus époustouflant que tous les princes de contes de fées, elle se sent happée par la passion. Frappée par un véritable coup de foudre ! Et elle, d'habitude si sage, se laisse surprendre dans une position compromettante par son amoureux éconduit... Désormais, la voilà seule, fuyant dans la nuit. Car son prétendant lui a annoncé qu'il n'hésiterait pas, pour laver cet affront, à se venger d'elle et de sa famille...

PASSIONS

Rêve. Trahison. Tentation.

Un homme et une femme.
Deux héros que tout oppose.
Ils n'ont rien en commun…
Ils ne croient plus en l'amour…
Ils sont amants… Ils sont rivaux…
Ils n'étaient pas censés s'aimer.
Et pourtant…
Ils vont renouer avec la passion.

6 livres à découvrir tous les mois.

ERTIR • INSPIRER • ÉMOUVOIR

HARLEQUIN
www.harlequin.fr

OFFRE DE BIENVENUE !

Vous êtes fan de la collection Azur ?
Pour prolonger le plaisir, recevez gratuitement

◆ 2 livres Azur gratuits ◆
et 1 cadeau surprise !

Une fois votre colis de bienvenue reçu, si vous souhaitez continuer à recevoir r romans Azur, cela se fera automatiquement. Vous recevrez alors chaque mois 6 roma inédits de cette collection au tarif unitaire de 4,60€ (Frais de port France : 2,39€).

➡ LES BONNES RAISONS DE S'ABONNER :

Aucun engagement de durée ni de minimum d'achat.
◆
Aucune adhésion à un club.
◆
Vos romans en avant-première.
◆
La livraison à domicile.

➡ ET AUSSI DES AVANTAGES EXCLUSIFS :

Des cadeaux tout au long de l'année.
◆
Des réductions sur vos romans par le biais de nombreuses promotions.
◆
Des romans exclusivement réédités notamment des sagas à succès.
◆
Des points fidélité échangeables contre des livres ou des cadeaux.

➡ REJOIGNEZ-NOUS VITE EN COMPLÉTANT ET EN NOUS RENVOYANT LE BULLET

N° d'abonnée (si vous en avez un) ☐☐☐☐☐☐☐☐ Z1ZEA6

Mme ☐ Mlle ☐ Nom : .... Prénom : ....

Adresse : ....

CP : ☐☐☐☐☐ Ville : ....

Pays : .... Téléphone : ☐☐☐☐☐☐☐☐☐☐

E-mail : ....

Date de naissance : ☐☐ ☐☐ ☐☐☐☐

Renvoyez cette page à : Service Lectrices Harlequin – CS 20008 – 59718 Lille Cedex 9 - Fra

Date limite : 31 décembre 2021. Vous recevrez votre colis environ 20 jours après réception de ce bon. Offre soum acceptation et réservée aux personnes majeures, résidant en France métropolitaine. Prix susceptibles de modification en cours d'a Vous pouvez demander à accéder à vos données personnelles, à les rectifier ou à les effacer. Il vous suffit de nous écrire en indiquant vos nom, prénom et adresse à : Service Lectrices Harlequin - CS 20008 - 59718 LILLE Cedex 9. Harlequin® est une m déposée du groupe HarperCollins France – 83/85, Bd Vincent Auriol – 75646 Paris cedex 13. Tél : 01 45 82 47 47. SA au capital de 3 120 000€ Paris. Siret 31867159100069/APE5811Z.

RESTEZ CONNECTÉ AVEC HARLEQUIN

Harlequin vous offre un large choix de littérature sentimentale !

Sélectionnez votre style parmi toutes les idées de lecture proposées !

ww www.harlequin.fr

- écouvrez toutes nos actualités, clusivités, promotions, parutions venir...
- rtagez vos avis sur vos dernières ctures...
- sez gratuitement en ligne
- trouvez vos abonnements, vos mans dédicacés, vos livres et vos ooks en précommande...

L'application Harlequin

- Des **ebooks gratuits** inclus dans l'application
- **50 nouveautés tous les mois** et + de 7 000 ebooks en téléchargement
- Des **petits prix** toute l'année
- Une **facilité de lecture** en un clic hors connexion
- Et plein d'autres avantages...

Téléchargez notre application gratuitement

Télécharger dans l'App Store

DISPONIBLE SUR Google Play

IVEZ-NOUS !

facebook.com/HarlequinFrance
twitter.com/harlequinfrance

OFFRE DÉCOUVERTE !

Vous souhaitez découvrir nos collections ? Recevez **votre 1er colis gratuit*** **1 cadeau surprise !** Une fois votre colis de bienvenue reçu, si vous souh continuer à recevoir nos livres, cela se fera automatiquement. Vous recevrez vos livres inédits** en avant-première.

Vous n'avez aucune obligation d'achat et cette offre est sans engagement de du

*1 livre offert + 1 cadeau / 2 livres offerts pour la collection Azur + 1 cadeau.
Pour la collection Intrigues : 1er colis à 17,25€ avec 2 livres + 1 cadeau.
**Les livres Ispahan, Sagas, Gentlemen et Hors-Série sont des réédités.

☛ COCHEZ la collection choisie et renvoyez cette page au
Service Lectrices Harlequin – CS 20008 – 59718 Lille Cedex 9 – France

Collections	Références	Prix colis
❑ **AZUR**	Z1ZFA6	6 livres par mois 29,99€
❑ **BLANCHE**	B1ZFA3	3 livres par mois 24,45€
❑ **LES HISTORIQUES**	H1ZFA2	2 livres par mois 17,09€
❑ **ISPAHAN**	Y1ZFA3	3 livres tous les 2 mois 23,85€
❑ **PASSIONS**	R1ZFA3	3 livres par mois 25,89€
❑ **SAGAS**	N1ZFA3	3 livres tous les 2 mois 28,86€
❑ **BLACK ROSE**	I1ZFA3	3 livres par mois 26,19€
❑ **VICTORIA**	V1ZFA3	3 livres tous les 2 mois 26,19€
❑ **GENTLEMEN**	G1ZFA2	2 livres tous les 2 mois 17,35€
❑ **HARMONY**	O1DFA3	3 livres tous les mois 20,16€
❑ **ALIÉNOR**	A1ZFA2	2 livres tous les 2 mois 17,75€
❑ **HORS-SÉRIE**	C1ZFA2	2 livres tous les 2 mois 18,25€
❑ **INTRIGUES**	T1ZFA2	2 livres tous les 2 mois 17,25€

N° d'abonnée Harlequin (si vous en avez un) ____________

Mme ❑ Mlle ❑ Nom : ____________

Prénom : ____________ Adresse : ____________

Code Postal : ______ Ville : ____________

Pays : ____________ Tél. : ____________

E-mail : ____________

Date de naissance : ____________

Date limite : 31 décembre 2021. Vous recevrez votre colis environ 20 jours après réception de ce bon Offre soumise à acceptation et réservée aux personnes majeures, résidant en France métropolitaine, dan la limite des stocks disponibles. Prix susceptibles de modification en cours d'année. Vous pouvez demande à accéder à vos données personnelles, à les rectifier ou à les effacer. Il vous suffit de nous écrire en nou indiquant vos nom, prénom et adresse à : Service Lectrices Harlequin CS 20008 59718 LILLE Cedex 9. Service Lectrices disponible du lundi au vendredi de 9h à 17h : 01 45 82 47 47.

Harlequin® est une marque déposée du groupe HarperCollins France – 83/85, Bd Vincent Auriol – 75646 Paris cedex 13. SA au capital de 3 120 000€ – R.C. Paris. Siret 31867159100069/APE5811Z.